武闘派皇女、合流!
、ベルトリオン卿。
は初めてお目にかかります。
ォラン・カノン・フォルトーゼ。
の皇女です」
六畳間の侵略者!? 35
JN034994

「伝説に謳われる青騎士としてのお力を、
一度拝見しておく必要がありますので……！」

青騎士 vs 第五皇女!?
模擬戦の勝敗は——?

口絵・本文イラスト　ポコ

キャラクター勢力図

笠置静香（かさぎしずか）
孝太郎の同級生で
ころな荘の大家さん。
その身に
火竜帝アルゥナイアを宿す。

クラノ＝キリハ
想い人をついに探し当てた地底のお姫様。
明晰な頭脳によって
恋の駆け引きでも最強クラス。

地底人（大地の民）

里見孝太郎（さとみこうたろう）
ころな荘一〇六号室の、
いちおうの借主で
主人公で青騎士。

松平賢治（まつだいらけんじ）
孝太郎の親友兼悪友。
ちょっとチャラいが、
良き理解者でもある。

松平琴理（まつだいらことり）
賢治の妹だが、
兄と違い引っ込み思案な女の子。
新一年生として
吉祥春風高校にやってくる。

孝太郎の幼なじみ

ころな荘の住人
藍華真希（あいかまき）
元・ダークネスレインボゥの
悪の魔法少女。
今では孝太郎と心を通わせた
サトミ騎士団の忠臣。
魔法少女
（フォルサリア魔法王国）
虹野ゆりか（にじの）
愛と勇気の
魔法少女レインボーゆりか。
ぽんこつだが、決めるときは決める
魔法少女に成長。
幽霊状態
東本願早苗（ひがしほんがんさなえ）
孝太郎に憑りついていた幽霊の女の子。
今は本体に戻って元気いっぱい。
幽霊少女
ルースカニア・ナイ・
パルドムシーハ
ティアの付き人で世話係。
憧れのおやかたさまに
仕えられて大満足。
ティアミリス・
グレ・
フォルトーゼ
青騎士の主人にして、
銀河皇国のお姫様。
皇女の風格が漂ってきたが、
喧嘩っ早いのは相変わらず。
クラリオーサ・
ダオラ・
フォルトーゼ
二千年前のフォルトーゼを
孝太郎と生き抜いた相棒。
皇女としても技術者としても
成長中。
アライア姫
ナルファ・
ラウレーン
正式にフォルトーゼからやってきた留学生。
孝太郎達とは不思議な縁があるようで……？
桜庭晴海（さくらばはるみ）
二千年の刻を超えた
アライア姫の生まれ変わり。
大好きな人と普通に暮らせる今が
とても大事。
宇宙人（神聖フォルトーゼ銀河皇国）

皇女をお迎え!?
ころな荘一〇六号室
ROOM No.106
CORONA-SOU

それぞれの事情　六月十三日(月)

　高校に入るまでに限れば、松平琴理という少女にとって兄の賢治の存在は自慢だった。頭が良く心優しく、友達を大事にする。琴理に対して過保護過ぎるという欠点もあるが、美点の裏返しだと思えばむしろ納得出来る事だった。だから本当に尊敬していたし、大好きだったのだ。高校に入るまでは。

「聞いて下さい、コウ兄さん！」

「どうしたキンちゃん、凄い顔してるぞ」

「ウチの兄さんがエミリーさんとデートしていたらしいんです！」

「あいつ、諦めてなかったのか……」

　琴理の理想の兄像は、高校入学と共に脆くも打ち砕かれた。賢治はかつて美点であったものを女の子を口説く為に用いるようになり、複数の女の子と同時に交際しているという噂さえあった。それだけでも妹としては悲しくなる問題だが、琴理の場合は尊敬していた分の落差が大きかった。おかげで今の琴理は賢治に対して非常に厳しい感情を持つようになっていた。

「この間の土曜日に、クラスの友達が駅前で兄さんとエミリーさんが二人でいるのを見たんです！」

「確かなのかい？」

「友達は私と一緒の時に兄さんと会った事があるし、エミリーさんに関しては長身で胸の大きい金髪の女の子というだけで十分です！」

「まあ、ティアは小さいからな」

ぽんぽん

「頭に置いたその手を即刻どかすがよい！」

賢治とエミリーが出会ったのは、五月の上旬の事だった。転校してきた外国人の女の子の話を聞き付けて、賢治の方が会いに行ったのだ。その後で孝太郎達からエミリーの事情を知らされ、問題の解決に協力した。その過程で、賢治はエミリーからの強い信頼を勝ち取った。どうやらそれが今も続いていて、デートに至ったという状況のようだった。

「柏木先輩と付き合うっていう話はどこに行ったんですか！　理想の相手を見付けたかも

しれないって言ってたから、今度こそはって期待していたのにっ！」

「ああ、あいつ今そんな事になっていたのか……」

「柏木先輩って、ウチのクラスの柏木さんかしら？」

ちゃぶ台に泣き崩れた琴理とは反対に、急に生き生きし始めたのが静香だった。静香は一〇六号室に出入りする人間の中では一番の現代っ子。他人の恋愛話は大好物だった。

「そうです。何だか去年の修学旅行の辺りから、徐々に仲良くなったみたいで」

琴理は涙を流しながらそう答える。琴理は情けなくて仕方がなかった。先日賢治の口からはっきりと聞かされていたのだ。柏木汐里とは本気で付き合いたいと思っていると。だから今度こそはと期待していたのだ。その矢先に起こったのが、このエミリーとのデート事件だった。

「修学旅行……」

ほんの一瞬、静香の表情が強張る。静香にとっても柏木汐里と修学旅行はとても印象的な出来事だった。それは他の少女達も同じで、程度の差こそあれ、似たような反応を示していた。幸い琴理にはそれに気付く余裕は無かったし、同席しているナルファは修学旅行という言葉の方に注目していたのでやはりそれには気付かなかった。

「……こう言うと意外に思うかも知れないけどな、マッケンジーの奴、実はかなり奥手なんだよ」

『えええええええええええっ⁉』

この時の孝太郎の言葉を聞いた全ての少女達の声が綺麗に揃う。孝太郎もその反応を予想していたのだが、反応の強さは予想外だったので小さく苦笑していた。

「だ、だってマッケンジー君だよ⁉　いつだって楽しそうに女の子と付き合ってるんだよ⁉」

「大家さん、それは相手が本命じゃないからです。あいつは器用そうに見えるし、俺みたいなのが居ると最優先で助けてくれるけど、自分の大切な事には足踏みをする事があるんです」

それは孝太郎だから知っている事だった。賢治は賢く器用なので、物事の決断は早かった。だから付き合う女の子も次々と入れ替わる。だが孝太郎は何度か、賢治が足踏みする状況を見た事があった。分かり易い例は孝太郎が高校入学と共に野球を止めると言った時だ。賢治はそこでしばらく悩んだ。賢治も野球が大好きなので、高校でも続けるつもりでいた。だが孝太郎と一緒にやるという事がモチベーションの一つになっていたので、孝太郎が野球を止めると言った時から一ヶ月は悩んだ。そして入学式の日にようやく決断、演劇部に入部して野球は止める事にした。そして孝太郎は、この事が賢治の女の子好きに多

少影響しているのではないかと思っている。だから少しだけ責任を感じていた。

「じゃあ、兄さんの本命は柏木さんって事ですか？」

「そこは分からないな。エミリーさんってかなり積極的みたいだからさ」

この問題をややこしくしているのがエミリーの積極性だった。エミリーは当初から賢治に対する好意を隠そうとしなかった。つまり今回のデートも賢治が誘ったのではない可能性が存在していた。つまり足踏みしている賢治を、エミリーが強引に引き摺り出したという構図が有り得るのだ。琴理には受け入れにくい考え方だろうが、孝太郎は今回に関しては賢治を一方的に非難してはいけない気がしていた。

「それに相手がエミリーさんと柏木なら、迷っても仕方がない気がする」

「それは……確かに。これまでとは違って、しっかりした人達のようですし……」

もう一つ話をややこしくしているのは、汐里とエミリーが双方共にしっかりした少女であるという事だった。賢治の見た目に引っ掛かったという訳ではなく、二人ともその中身をきちんと見てくれているようなのだ。

「柏木とエミリーさんに関しては、あいつが距離感を間違わない限りは許してやって欲しいな。足踏み中であるなら、あいつが一番よく分かっていると思うから」

「コウ兄さん……」

「もっとも並行して他の子と付き合い出したら、その限りではないけどな」

孝太郎は賢治が本気であるなら応援したいと思っている。汐里にしろエミリーにしろ素敵な女の子なのだ。そのどちらかときちんと付き合うというのなら、いつもとは違って反対する事は何もなかった。それに状況的に言えなかったが、孝太郎自身も九人の少女達の中から特別な一人を選べずにいる。自分の事を棚に上げて、賢治だけを批判する訳にもいかないのだった。

「……分かりました。もうしばらく様子を見る事にします」

「ありがとう、キンちゃん」

「どうしてコウ兄さんがお礼を言うんですか?」

「ははは、これでも俺はあいつの友達だよ。それもとても長い付き合いの」

「ふふ、そうでしたね。すっかり忘れていました」

幸いな事に、この時点で琴理の機嫌は直っていた。琴理も元々は心優しい少女だし、出来れば兄を信じたかった。そして尊敬する『コウ兄さん』が大丈夫だというのなら、それを信じる事にした琴理だった。

「ところでキンちゃんの方はどうなんだい?」

「私……ですか?」

琴理は目を丸くする。孝太郎の言葉の意味が分からなかった。そんな琴理に笑いかけると、孝太郎はもう少し詳しく話した。

「マッケンジーの話じゃ、最近かなりモテるらしいじゃないか」

「そっ、それは……その……」

孝太郎の言葉を理解した琴理は、顔を赤くして俯く。確かに孝太郎が言う通りで、最近の琴理は高校の男性陣に人気があった。かつての彼女は賢治と孝太郎の後をついて回っているだけの内向的な少女だった。小学校や中学校では俯きがちで、彼女に注目する者は少なかった。だが高校に入学してナルファの案内係を務めるうち、自然と他人への働きかけが増え、俯いてばかりではいられなくなった。おかげで賢治と孝太郎しか知らなかった彼女の内面が、周囲に伝わり始めた。その結果、彼女の人気は急激に高まっていった。

「もう何度か付き合ってくれって言われたって聞いたけど」

「え、えと……はい……」

「でもコトリは全員断ってしまいました」

にこにこしながらナルファが琴理の恋愛事情を暴露する。やはり一番の友達という事もあって、琴理の事情に一番詳しいのはナルファだった。

「ナルちゃん⁉」

「そりゃもったいないな」

「コウ兄さん⁉」

「私はコータロー様のせいだと思ってます」

「俺の？　何でだ？」

「いつも一緒なのがコータロー様だから、コトリの理想は高過ぎるんです。本物の英雄と比較されたら、誰も太刀打ちできませんもの」

「そうかなぁ……キンちゃんは俺の駄目なところにとても詳しい気がするが」

孝太郎は首を傾げる。孝太郎が賢治と一緒に繰り返した馬鹿な事件は、その後ろをついて回っていた琴理が一番よく知っている。だから孝太郎は自分の存在はむしろ、琴理の理想を下げているような気がしていた。

「コウ兄さんは駄目なんかじゃありません！　ずっと私の目標でした！　今も変わらずそうです！」

「あっはっはっは、そりゃあどの男の子も玉砕する訳ねー！」

ここで話を聞いていた静香が笑い出す。すると琴理は自分が言い過ぎた事に気付き、頬を赤らめつつ顔を伏せた。

「里見君と長い付き合いがあって、悪い部分を知っていてなお目標にしているんだもの、良く知らない男の子じゃ気持ちは動かないわよね」

静香には琴理の気持ちが良く分かった。そこに男女の感情が混じっているかという部分には多少の疑問があったが、琴理の気持ちは静香のそれと同じであるように思えた。静香も琴理と同じく、孝太郎の悪い部分を知っていてなお好きなのだ。むしろその悪い部分を自分が補おうという気さえある。そこも含めて同じだと思ったのだ。

「そっ、それは………」

「違うの？」

「違いませんけれど………」

「じゃあ俺がキンちゃんの良いイメージを壊すような事をすればいいのか」

「コウ兄さんっ⁉」

「無理じゃと思うがのう」

「俺にだって悪事の一つや二つ」

「ホウ、果たして汝にそれが出来るかな？　誰も傷付けず、悪事を働けるとでも？」

キリハが挑戦的な視線と声で孝太郎を煽る。悪事を働くという事は、誰かを傷付けるという事。キリハは孝太郎にそれが出来るとは思えなかった。

「クッ………あっ、こないだのアレだ！　金の密輪！」

金の密輸は税制度を悪用した犯罪で、国の予算に多少のダメージはあれど、それで直接誰かが傷付くような事はなかった。

「しくしくしく……」

「孝太郎孝太郎、速攻でゆりかが泣き出したけど」

しかし残念な事にこの部屋には直接傷付く者がいた。この悪事は使えなかった。

「金の密輸は駄目か……他になんかないかな……？」

「おやかたさま、諦めてはいかがでしょうか？　正直、無理ではないかと……」

「コウ兄さん、意味もなく私に嫌われようとしないで下さい！」

「そこをあえて妄想するのが醍醐味なんじゃないか」

「兄さんっ!!」

「コトリふぁいおー！　コトリふぁいおー！」

そうやって孝太郎達はしばらく他愛もない話をしていたのだが、少女達が帰宅して一〇六号室の住人が全員揃ったあたりから、話の方向性が変わり始めた。新しい話題は今後のフォルトーゼに関する話。心配事は多いので、全員が揃えば仕事絡みの話になってしまうのは仕方のない事だろう。

「ところで……高校の話で思い出しましたけれど、新しい学生寮はどうなっているんでしょうか？」

　話を切り出したのは晴海だった。話題は吉祥春風高校で新設中の学生寮。彼女は高校を卒業してしまったので、建設中の学生寮がどうなっているのかは分からなかった。

「桜庭先輩、寮自体は殆ど終わってる感じですよ。俺が見た時は道路とかコンビニとか、周辺に必要なものを作っていました」

　学生寮を作る場合、住む場所だけを考えれば良いという訳ではない。生活を成り立たせなければいけないので、食堂や生活用品を買える場所が必要になる。特に吉祥春風高校は小さな山の中腹にあるので、必要な設備は多い。何かがあるたびに、いちいち山の下まで降りさせるのでは問題なので、小規模ながらも街を作る必要があったのだ。そこで学生寮の区画の隣に、コンビニや郵便局、小さな診療所を中心とする生活用の商業区画が作られる事になっていた。

「そうだコータロー様、このあいだ私とコトリで学生寮の取材をしてきましたよ！」

「コウ兄さん、映像をご覧になりますか？」

　琴理が手にしていたカメラを差し出す。ナルファの取材を手伝っている琴理は、しばしば撮影も担当する。取材の時に撮影を担当したのも琴理だった。

「頼むよ、キンちゃん」

「はい」

琴理は笑顔でカメラを操作する。自分で撮ったものなので、データはすぐに見付かる。操作には迷いはなく、熟練具合が窺われた。

「桜庭先輩、こっちへ」

「ありがとうございます。………へぇ、バス停をここまで延ばすんですね」

ナルファの取材のアシスタントを務めるうちに自然とカメラの技術が向上した琴理。動画の撮影についても同じで、見せたいものを丁寧に撮影してあった。編集や一時停止をしなくても見たいものが見られる、優れた映像と言えるだろう。実際に映像を見た晴海も不便を感じるような事はなく、琴理の撮影技術の向上は疑いなかった。

「留学生の引っ越しトラックはもちろん、コンビニや郵便局への配送トラックを走らせる必要があったので、どうしてもここまで道を延ばす必要があった。だったらバス停も一つ増設して、使い易くしようという訳だな」

そして晴海の疑問にはキリハが答える。この辺りの事情にはキリハも噛んでいるので、この部屋の中では一番詳しい。ちなみに防衛体制の意味でもキリハが一番詳しかった。

「そういえば、ナルちゃんが住んでた一号棟の隠しカメラとかはどうなったの?」

かつてナルファは先行して建設された寮の一室に住んでいた。だがそこにはフォルトーゼの技術を狙う者達によって隠しカメラやマイクが仕掛けられていた。それがまだ残っていたら問題だ――――大家として静香はそこが気になっていた。

「専門家を呼んで全て撤去させておる。二号棟以降は業者が変わったのと、一応専門家にチェックさせたので問題はない」

静香の質問に答えたのは責任者のティアだったが、実際その手の業者を手配したのはキリハだった。専門家が信用出来なければ話にならないので、元からキリハの協力者である業者や、大地の民の調査部門が太鼓判を押した業者が使われた。やはりフォルトーゼの技術を狙う者は多く、業者がとんでもない額で買収されるケースがあった。安全な業者を見付けるのも重要な仕事だった。

「よかった、なら安心ね」

静香は大家なので、盗聴盗撮は他人事ではない。静香は安心した様子で笑顔を作ると、うんうんと繰り返し頷いていた。

「そういや、秋の留学生第二陣と、フォルトーゼ側の人員増強はどんな様子なんだ?」

孝太郎が大丈夫なら、次はその中身だ。孝太郎は秋になってやってくる新しい留学生と、フォルトーゼ側の人員の増強について質問した。

「問題なく進んでおる。多少変更はあったのじゃが……………ルース」

「留学生の第一陣は、公募とはいっても多くの中から人格的に問題ない人間を選んだ訳ですが――――」

第一陣の留学生は、あまりに志願者が多かったので抽選して一定数まで人数を減らした後で、書類審査や直接の面談を行って決定した。そして日本側でも同じような審査があり、フォルトーゼ側と日本側で共に合格とした者が地球へやってくる事になった。このやり方だと多少公平性に問題があるのだが、初期のトラブルを避ける為にはお互いに必要な措置と言えるだろう。

「――――第二陣は完全に抽選で選ばれました。そしてその分だけ指導を強めにする必要があるのではないかと、教員がやや増やされる事になりました」

それに対して留学生の第二陣は、第一陣のノウハウがあるので、犯罪歴のような余程の事情がない限りは単純な抽選で決められた。その事に加えて、人数が増えた分だけ確率論的にトラブルは増える事が予想されるので、フォルトーゼ側の教員を増やして対応にあたらせる事になった。その結果、日本人にフォルトーゼの共通語や歴史等を教えに来る教師の枠が増える事になったのだった。

「なるほどな、ナルファさんが来たのは、単純に良い子だったからなんだな」

ナルファの兄はティアの天敵とも言える有名な記者だ。選考にはそこも考慮に入っているのだろうが、それでもナルファの人格に問題があれば選ばれなかっただろう。

「ナルちゃん、コウ兄さんが良い子だって。良かったね？」

「あは、あはははは……うふふふふっ」

孝太郎から良い子だと言われ、ナルファは照れ臭そうに笑いながら、自分の頬をぽりぽりと掻く。褒められて嬉しいが、孝太郎にそう言われると反応に困ってしまう。孝太郎には言葉通りの意図しかないのだろうが、フォルトーゼの女の子としては思わずその先を期待してしまう。そんなナルファを置き去りに、話題は進んでいった。

「日本側は警備増強の予算がようやく通った。フォルトーゼ側に何らかの被害が出ると、フォルトーゼだけでなく地球全体から批判が出ると考えたようだ」

「日本の評価が地球の評価になる状況だからな、やれるだけやるしかないだろう」

キリハの説明に孝太郎は大きく頷いた。日本側はフォルトーゼ側の人間に何らかの被害があると困るので、以前から警備増強の為の追加予算を組もうとしていた。だがフォルトーゼ側の対応が決まるまでは予算が決まらなかったし、他に先に決めねばならない事が山積していたので、追加予算が承認されたのはこのタイミングだった。

「つまりフォルトーゼと日本の双方が、失礼が無いようにしようと動いた訳ですわね」

双方の事情をクランがまとめる。究極的にはクランが言う通りで、双方の陣営がお互いに気を遣ったと言える。普通ならこれで問題ないだろう。だが現実には、一つ大きな問題が隠れていた。

「問題はやはりラルグウィン達、ヴァンダリオン派残党じゃのう。あやつらへの対応を誤ると様々な事が御破算になろう」

　そう言いながらティアは厳しい表情で腕組みをする。そう、これが一番重大で厄介な問題だった。どれだけ日本側とフォルトーゼ側が交流の努力をしようと、ヴァンダリオン派の残党が武力を使って暴れれば全てがぶち壊しになりかねない。これは日本に限った話ではない。大地の民もフォルサリアも、その影響は免れないだろう。

「その対応ですが、マキ様のおかげで敵の拠点の位置が分かりましたので、こちらから攻撃を仕掛ける事が出来るようになりました」

　これまでは決定的な対策が出来なかった。しかし先日の戦いで苦労した結果、孝太郎達は遂にヴァンダリオン派の残党の拠点を見付け出した。おかげで先手を打って攻撃を仕掛け、彼らの武力の基盤である拠点を使えないようにする事が出来る。孝太郎達はようやく彼らの行動を阻止するきっかけを手にしたのだった。

「真希、敵の拠点ってドコなの？」

「吉祥山の頂上から続く尾根に沿って東へ、そこにある湖の中に拠点への入り口が」

「水中⁉　ツンデレバードの秘密基地だ！」

「なるほど、水中に入り口があるのか。分からない筈だ」

早苗が目を輝かせる隣で、孝太郎はこれで合点がいったという具合に大きく頷いた。これまで不思議だったのだ。ヴァンダリオン派残党には地球に拠点がある筈だった。これまで戦闘艦や機動兵器が襲ってきた。それを隠したり整備したりする為の場所が絶対にある筈なのだ。彼らが地球へ来るのに使った戦艦は軌道上にあるかもしれないが、空間歪曲技術で移動すると痕跡が残ってしまう以上、そしてその痕跡を孝太郎達が見付けていない以上、地上に拠点があると考える方が妥当だった。だがその拠点が見付からない。戦闘艦が出入り出来る筈なので、拠点は大きく、入り口のゲートも目立つ筈だ。にもかかわらず拠点もゲートも見付からなかった。そして実際には拠点への入り口は水中に隠されていた。だから幾ら宇宙から捜しても見付からなかったのだ。

「拠点が水中にある可能性は考えていたが、あまりに候補が多過ぎて、手が回らなかったのだ」

「流石にキィでもそれは無理ですわね。仕方ありませんわ」

キリハは拠点が水中にある可能性には気付いていたが、いかんせん候補となる湖や沼、川が多過ぎた。そして可能性を海まで広げれば完全にお手上げの状態になる。また水中の調査を担当するダイバーのチームには限りがあるし、見付けたとしても気付かれて別の拠点へ逃げられては困る。攻撃を仕掛けるには、ヴァンダリオン派残党側に気付かれる事無く一方的に拠点を見付ける必要があった。だから真希を送り込むしかなかったのだ。

「孝太郎、すぐに攻め込もうよ！」

「………お前、水中の秘密基地が見たいだけだろ？」

「うん！」

「正直だなぁオイ。………とはいえ、すぐ行った方が良いのは間違いないな」

孝太郎達が拠点の場所を特定した事に、ヴァンダリオン派残党が気付く前に行動を起こす必要がある。早苗の願望はともかく、すぐに攻め込もうという言葉は正しかった。

「少し待つのじゃ。攻撃は何日か遅らせたい」

「どうしたんだ、ティア？　せっかちなお前が」

短気で我慢が苦手なティアなので、普通なら真っ先に突撃しているところだ。そのティアが待つように言った事を、孝太郎は不思議に思っていた。

「実は母上から攻撃を待つように言われておる」

先日ティアがフォルトーゼへ定期連絡――――遠過ぎて通信には時間がかかるので直接通話ではない――――した時に、返信にエルファリアからの伝言が含まれていた。それはもし敵の拠点を見付けるような事があっても、すぐには攻撃するなというものだった。

「エルの事だから、何か企みがあるな」

「よく分かっておるではないか。母上はネフィルフォランを援軍に送ると言ってきた」

「ネフィルフォラン？　その名前は確か……」

「うむ、わらわと同じフォルトーゼの皇女、第五皇女のネフィルフォランじゃ」

エルファリアが攻撃を待たせたのは、援軍として第五皇女ネフィルフォランを送ったからだ。ネフィルフォランはフォルトーゼ皇家でも指折りの武闘派の皇女だった。


第五皇女ネフィルフォランは、正式にはネフィルフォラン・カノン・グレンダード・アルダサイン・フォルトーゼという。彼女個人を示す称号はアルダサイン、貫く槍という意味を持つ。ティアよりも二つ年上で、グレンダード家の生まれだった。フォルトーゼ皇家の皇女達は基本的に皇帝の座を狙うライバル同士なのだが、グレンダード家とネフィルフォランに関しては少し事情が異なっていた。

「ネフィルフォラン……どんな子なんだ？」

「大きな槍をブンブンと振り回す武闘派じゃ。援軍で来る事からも明らかじゃが、相当強いぞ」

「銃をバンバン撃ちまくるお前と似たタイプだな」

「認めたくはないが、単純な練度なら向こうの方が上じゃろうな。わらわの得意な武器が飛び道具であるから、結果的には互角なのじゃが」

「負けず嫌いのお前がそう言うんだから、よっぽどの達人だな」

グレンダード家は伝統的に武芸を重んじる家系で、その家に生まれた者は皇帝よりも将軍になる者の方が多かった。皇帝として民を率いるより、将軍として軍を率いる事に価値を見出している家系だったのだ。ネフィルフォランもその例に漏れず、子供の頃から武術や軍略を叩き込まれて育った。彼女が得意な武器は、その名と同じ槍。しかも身の丈を超えるサイズの大槍を好んで使う。

「それに軍事の才にも恵まれておってな、既に連隊長の地位にある」

「へぇ………連隊長ってもう俺のすぐ下ぐらいだろう?」

「うむ、そなたとネフィルフォランの間には将官しかおらぬ」

「若いのに大したもんだ」

「それに相応しい実績を挙げておるのじゃ。並大抵の努力ではない」

「そこがお前と違うところか」

「ぬ？」

「お前は天才、向こうは努力」

「まあ、そういう事じゃのう。あとはわらわの方が愛くるしいとか」

「はいはい、愛くるしい愛くるしい」

ネフィルフォランは才能にも恵まれていたので、十代半ばには軍の中で頭角を現し始めた。そして現在は既に将官の手前、連隊長の地位にある。しかも皇女だからという訳ではなく、きちんと実績を挙げた上で昇進しょうしんしている。彼女はその地位に相応しく、強さと軍略がずば抜ぬけて優れているのだった。

「しかし……そういう子にしては印象が薄うすいな……」

孝太郎は首を傾げる。孝太郎はネフィルフォランに関する記憶きおくが殆ほとんどない。ヴァンダリオンとの戦いの最中、孝太郎が軍の総司令に就任した時に、第五皇女とあいさつを交かわしたなあというくらいの記憶しかないのだ。だがネフィルフォランがティアが言うような少女であるなら、もっと前から一緒に戦っていた筈ではないだろうか。孝太郎はそれが不思議だった。

「それはグレンダード家の方に問題があってのう」

「家の方で事件でもあったのか？」

「事件というより騒動じゃな。知っての通りグレンダードはこれまで多くの将軍を輩出してきた。という事は、軍部との繋がりも強いのじゃ」

「ああ、そういう事か！　エルと軍部、どっちを信じるかでグレンダード家の意見が割れたんだな！」

　順調に将軍を目指していたネフィルフォランだったが、ある時彼女とグレンダード家に大きな問題が持ち上がった。それはヴァンダリオンによるクーデター。その序盤から中盤にかけて、エルファリアと軍部のどちらを信じるかという事で、グレンダード家の意見が真っ二つに割れてしまった。おかげで彼女はどちら側にも付く事が出来なくなり、クーデターが終わる直前まで見ている事しかできなかった。

「うむ、正解じゃ」

　満足げに頷くティア。その隣に座っていたクランが、説明を補足する。

「そういう訳で、グレンダードは失点を取り返そうと必死ですの。あなたはすぐに地球へ帰ってしまったから知らないのでしょうけれど、ネフィルフォランさんはフォルトーゼに残っている方のヴァンダリオン派残党の拠点潰しに奔走していましたのよ」

「エルファリア陛下は以前から、わたくし達が拠点攻撃を行う場合の兵力不足にお気付きであったようです」

　ルースはそう言うとコンピューターを操作、地球へ来ているフォルトーゼ皇国軍の全兵力に関するデータを表示させた。すると確かに、ティア達外交使節団を守る必要最低限の兵力しか来ていない事が分かった。法整備が遅れていたので、使節団の出発時点ではどうしてもそうなってしまったのだ。もちろんその兵力では使節団を守りながら拠点攻撃をするのは難しい。

「そしてネフィルフォラン殿下がフォルトーゼにいるヴァンダリオン派残党の拠点をあらかた潰し終え自由になったので、地球へ派遣という事になったそうでございます」

　ルースが再びコンピューターを操作すると、表示されているデータが変化した。使節団に随行していた兵力にネフィルフォランが連れて来る兵力が加わると、使節団を守りながらでも拠点を攻撃するだけの十分な兵力になる。エルファリアが言うように、ネフィルフォランの到着を待つのは上策だった。

「なるほど……エルは俺達の兵力不足を補いながら、グレンダード家の顔を立ててやったのか」

「うむ。フォルトーゼ皇国軍の規模からすれば、援軍を他の部隊から出すのでも問題はなかった訳じゃからのう。それにグレンダードは失点を取り返したい一心でネフィルフォランに莫大な予算を与えておる。国としても腹は痛まない訳じゃ」

「極め付けは、軍事の急先鋒であるグレンダードに恩を売っておけば、後々の軍縮政策に有利になるってところか」

「大正解」

「まったく、本当に抜け目のない奴だな、エルは……」

孝太郎はそう言って苦笑する。いつも通り抜け目のないエルファリアに呆れ半分、親しみが半分。孝太郎は何とも不思議な気分を味わっていた。

「あのう……ちょっとよろしいでしょうか、コータロー様」

だが不意に挙手したナルファが孝太郎を現実に引き戻した。この時ナルファは酷く心配そうな顔をしていた。

「なんだい、ナルファさん」

「皆さん世間話でもするかのように軍事機密や国家機密をお話しですけれど、私とコトリがそれを聞いてしまって良いのかなぁって、不安になりまして……」

ナルファは素直に不安を打ち明けた。普通の少女であるナルファにとって、孝太郎達が交わしている会話は雲の上の、本来なら触れられない内容だ。それが賢治の恋愛模様と同じレベルで飛び交っているのも驚きなら、それをナルファと琴理が聞いてしまっているのも驚きだった。

「なんだ、そんな事か」

孝太郎は安堵した様子で笑い出した。ナルファが深刻な表情で話すものだから、もっと大事件なのではないかと心配していたのだ。するとナルファの隣で話を聞いていた琴理がぷっくりと頬を膨らませる。

「コウ兄さん、そんな事って言い方はないじゃないですか。私もナルちゃんも良かれと思って言ってるんですから」

付き合いの長い孝太郎にはこういう顔もする琴理だった。

「悪い悪い」

そして琴理がこういう顔をしている時は、謝ってしまうに限る。付き合いが長いのは孝太郎側も同じだった。

「まあ………真面目な話をするとだな、今更ナルファさんとキンちゃんにわざわざ隠す程の話ではなかったんだよ。それに二人は俺達に関する多くの事を黙っていてくれているだろう？　俺達はみんな、二人を信用してるんだ」

ナルファと琴理は孝太郎達の多くの秘密を知っている。現時点において一番外部に漏れたら困るのは魔法の情報だろう。だが二人はそういう情報を知っているのに、ずっと黙ってくれている。そんな二人に、地球へ援軍が来る話を聞かれるくらいは何も問題はない。孝太郎達は二人を信じているのだった。

「ありがとうございますっ、コータロー様っ！」

「良かったたね、ナルちゃん」

「はい！」

孝太郎の説明を聞くと、ナルファと琴理は安堵の笑顔で頷き合った。この部屋で飛び交っている情報には人の命がかかっている。自分達の存在がそれを危うくしていないかと心配だったのだ。幸い大丈夫だという事なので、まずは一安心だった。

「でもコウ兄さん、本当に駄目な話の時は部屋から私達を追い出して下さいね？」

「その方が私達も気楽ですから」

「ちゃんと分かってるよ。マッケンジーに新しい彼女が出来た時とかはちゃんと二人を追っ払って話すから」

「んもうっ、コウ兄さんっ！」

そこから孝太郎達の話題は再び他愛のない話へ戻っていった。最近の一〇六号室ではこんな風に日常と非日常が同居していた。孝太郎達はそれに薄々気付きつつ、知らないふりをしている。そうしないと余計に多くの時間が、非日常に奪われていくからだった。

武器の生産を言葉で言うのは簡単だが、実際には多くの困難が付きまとう。まず必要なのはエネルギー源の確保、上下水道の整備、騒音対策、廃棄物の処理。それらが成立した後で、製造の為の装置の話になる。そしてヴァンダリオン派残党の場合、この条件はより厳しくなる。まず空間歪曲技術を用いたエネルギー源は使えない。地球では実用化されていない技術なので、一つだけポツンと反応があれば目立ってしまう。だから地球に存在する技術でエネルギーを得る必要があった。上下水道も重要で、水にゴミが入らないようにしないと高精度の加工は難しく、また水質汚染などを引き起こせばやはりティア達の目を惹いてしまう。騒音や製造に伴う廃棄物も同様で、目を惹かない為の努力が多く必要だった。結果的に地球に存在するどんな施設よりもクリーンな施設が必要だった。そうした多くの障害を乗り越えて作り出されたのが、ラルグウィンの手の中にある霊子力ビームライフルだった。

バシュッ、バシュバシュバシュッ

「……なるほどな、自動照準のレスポンスが桁違いに速い。それと空間歪曲場を擦り抜けるというのは素晴らしい特徴だ」

数回試射した後、ラルグウィンは満足した様子で頷いた。この日は製造を開始した霊子力ビームライフルの試射実験が行われていた。工場での製造は、実際に生産ラインに乗せてみて初めて分かる問題も多い。そうした問題を一つ一つ潰していき、この日ようやく生産の目途が立った。だからこの日の試射実験は非常に重要な意味を持つ。試されるのは開発用の試作モデルの銃ではなく、実際に生産される銃だからだ。そしてその銃はラルグウィンが期待した以上の結果を叩き出していた。

「レスポンスの速さは、銃の方がラルグウィン様の霊力を読んで、先回りして動作しているからです」

「では疲れて思考が曖昧になった時等には？」

「自動的に通常の照準モードに戻りますので、不利益は生じません」

「至れり尽くせりだな、気に入った」

「お褒め頂き光栄です」

一見話が分かる男のように見えるラルグウィンだが、理に適わなかったり、期待に応えられなかったりすると非常に厳しい処罰を下す。それを分かっている技術担当者は、ラルグウィンに褒められた時に心底安堵していた。

　バシュウッ
「至れり尽くせりの分、我々の武器よりは若干殺傷力には劣るようですが」

　ラルグウィンに比べると、ファスタの方は少し辛めの採点だった。狙撃手の彼女は攻撃力の高さに重きを置く考え方をしがちだ。その意味では確かに霊子力ビームライフルは今一つの威力だった。

「空間歪曲場を通り抜けるという性質だけでその不足を補って余りあると思うがな」

「単なる重装甲の敵が来た時の心配をするのが私の仕事です」

「心配するな、お前用のを作る時は銃身の下にグレネードの発射装置でも付けてやる」

「ありがとうございます。出来れば狙撃用のライフルでお願いします」

「分かっている。おい、すぐに作ってやれ」

「分かりました。すぐに代わりの者を寄越しますので、お二人は試験を続けて下さい」

「任せる」

「では」

　技術担当者はラルグウィンとファスタに一礼すると、試射に使っていた訓練室を飛び出していく。ラルグウィンの『すぐ』は本当にすぐなのだった。

バシュッ、バシュシュッ

それからラルグウィンとファスタは新型の銃の試験を続けた。命を預ける物なので、簡単に終わらせる事は出来ない。欠点があるなら今のうちに見付け出さねば、致命的な結果を呼ぶ。それは地球で孤立しているラルグウィン一派の敗北を意味するだろう。

「……ふむ、大まかには、強い意志がこの銃の力を引き出すという事になるか」

「それは利点でも欠点でもあります。通常の部隊に渡しても銃の力を完全には引き出せないという事ですから」

「厳しい言い方だな、ファスタ。不完全でもこの銃は素晴らしい。それに十分な訓練を積んだ特殊部隊に渡すなら、これほど相応しい銃もないだろう」

試験を続けた二人が辿り着いた結論は、霊子力ビームライフルは使い手によって性能が変化するという性質があり、そこに多くの利点と欠点が集中しているという事だった。厳密に言うと使い手の霊力が射撃に影響するという事だが、大まかには強い意志や繰り返した訓練の量に左右されるという考え方で間違いない。強い意志は霊力の根源だし、繰り返した訓練のおかげで迷いが減れば、霊力は淀みなく発揮されるからだ。そして高い集中力は長続きしないが、強襲・奇襲専門の部隊のように短期決戦の部隊に配備すれば十分な効果が得られるだろう。またそういう部分の問題を差し引いても、この銃は空間歪曲場、いわゆるバリアーを通り抜けるという特別な性質を持つ。それだけでも通常部隊に配備する意味はあった。

「それとラルグウィン様、使い手の考えを先回りするこの銃の照準機能ですが」

そしてもう一つ、ファスタには気付いた事があった。それは彼女だからこそ気付いた事だった。

「何か問題でもあったか？」

「いえそうではなく、青騎士が同じように敵の先回りをして、銃弾をかわすのではないかと思ったのです」

ファスタは孝太郎に銃弾を回避された事をずっと気にしていた。そしてこの銃を試験しているうちに、孝太郎が回避したからくりはこの照準機能と同じなのではないかと考えるようになっていたのだ。

「……ふむ、面白い解釈だ。どうやら青騎士の力の謎の一つが解けたようだな」

ファスタに言われて、ラルグウィンはなるほどそうかと思った。使い手が狙いを定めるよりも早く自動照準のシステムが動き出すなら、狙撃手の発射前に銃弾をかわす事も有り得るだろう。特に超長距離狙撃の場合は、銃弾の飛来までに身をかわす時間的な余裕があるのだから。

「そうですね……しかしまだ一つだけです」

強敵の謎を解いたというのに、ファスタは浮かない顔だった。これに関してはラルグウインも同じ意見だった。だから同じように厳しい表情で頷いた。

「そうだな、まだ解けていない謎は多い。短時間で高度な立体映像を作る技術や、全く痕跡や後遺症を残さない未知の化学兵器……他にも山ほど謎が残っている」

二人が解けていない謎だと考えていたのは、真希の幻術や、ゆりかの毒や酸といった、魔法の事だった。どれも一つの魔法という技術なのだが、二人はそれぞれが別の技術であると考えていた。ラルグウィン達はまだ魔法の存在には手が届いていない。伝説では青騎士――つまり孝太郎が魔法の武具を使っていたという話は知っていたが、それが本当の魔法であるとは考えていなかった。そう考えてしまうのはタイムスリップのせいだった。現代の技術がフォルトーゼに持ち込まれたせいで魔法のように見えたのだろう、ラルグウィン達はそのように考えてしまったのだ。この思考の罠については避けようがなかった。どんな天才であっても、過去のフォルトーゼに現代技術が持ち込まれた以外に、本当に魔法があったなどとは考えないだろう。

「先日四基の砲を沈められた方法も謎のままです」

「技術部門の連中が言うには、微細振動で地面を柔らかくする事は出来るそうだが、あの距離で出来る事ではないそうだ」

　ラルグウィン達はゆりかがテレポートの魔法で移動した事に気付いていない。また腐れ沼の魔法を行使したのも見ていない。だから四基の砲が突然沼に沈んだ理由は、想像もつかない状態にある。二人にとっては恐らく、この謎が一番の謎であった。

「……難しい敵ですね」

「全くだ。しばらくは十分な準備をした上で、細心の注意を払って行動する必要があるだろう。そしてどうしても戦う場合には、常にこちらから奇襲を仕掛けたいところだ」

　解けない謎がある以上、不確定要素はその謎だけにしておきたい。それ以外の部分にある不確定要素を全て無くしてしまえば、危ない橋を渡るのは解けない謎についてだけにする事が出来るだろう。また奇襲作戦などを仕掛けて、問題の謎の部分を孝太郎達が使う前に決着を付けてしまう事も必要だろう。ラルグウィン達は謎の一つを解いた事で、他の謎の危険性をより深く理解するに至った。より現実が見えるようになったと言い換える事もできるだろう。孝太郎達と同じく、ラルグウィン達の戦いもより難しい局面に突入しようとしていた。

その名はネフィルフォラン　六月十六日(木)

その人物が地球を訪れたのは、夏の気配が漂い始めた六月の半ばの事だった。第五皇女ネフィルフォラン。自らの軍を率いて現れた、武闘派の皇女だった。

「お久しぶりです、ベルトリオン卿。多くの皆様には初めてお目にかかります。私はネフィルフォラン・カノン・フォルトーゼ。こちらにおいでのティアミリスさんやクラリオーサさんと同じく、フォルトーゼの皇女です」

ネフィルフォランはそう言いながら敬礼をした。その姿は女性であるにもかかわらず、力強い印象があった。またその身を包む軍服――――彼女専用の特別仕様――――も良く似合っていた。ネフィルフォランは皇女なので、本来であれば孝太郎の側が敬礼をすべきなのだが、彼女は孝太郎が軍の総司令官である方を重んじて自ら敬礼を行った。そのあたりからも彼女の折り目正しさ、そしてグレンダード家が武門の家系である事が窺われた。

「私が正式にフォルトーゼ軍に所属する事になった時以来でしょうか」

孝太郎の方もいつものくだけた様子を引っ込め、騎士らしい言葉遣いと背筋の伸びた態度でネフィルフォランを迎える。彼女は青騎士に対して挨拶しているので、孝太郎もそのように応えたい。それがこれまでの戦いに命を懸けたフォルトーゼの戦士達への誠意だと思うからだった。

「はい。あの時はろくにご挨拶も出来ず、失礼致しました」

「仕方がありませんよ、あの時は大混乱でしたから」

実は孝太郎とネフィルフォランには面識があった。ヴァンダリオン派が引き起こした内乱の終盤に、孝太郎はフォルトーゼ皇国軍の総司令に就任した。その直後の小惑星帯での艦隊戦では、セイレーシュを除く六名の皇女が参戦した。その戦いの前に行われた作戦会議において、二人には挨拶と二、三言葉をかわす時間があったのだ。

「それにあの時は……きちんとお手伝いが出来ませんでした」

ネフィルフォランは痛恨の極みという表情で俯いた。あの時の戦いでは、彼女とその専用艦は後方に控えていただけで殆ど戦わなかった。まだグレンダード家内の混乱が収まっていなかったのと、それが原因で部隊内の情報管理に不安があったからだった。これは武芸を重んじるグレンダード家とネフィルフォランにとっては、ありえない失態だった。ルースの生家である騎士の名門パルドムシーハ家と、グレンダード家とは歴史的に武を競(きそ)うライバル関係にある騎士家のウェンラインカー家は、内乱発生当初から活躍(かつやく)していたので特にそう感じるのだった。

「私は終戦直後に逃げ出しましたから、そのあたりの事を批判する権利を持ちません」

「ベルトリ……」

一瞬(いっしゅん)、ネフィルフォランの表情が固まる。だがその直後、ほんの僅(わず)かに彼女が纏(まと)っている空気が緩(ゆる)んだ。

「これまでの失敗を糧(かて)として、今後の任務にあたっていきたいと思います」

そうして彼女は再び孝太郎に敬礼する。それは先程(さきほど)と同様の、きちっと姿勢が整った敬礼だった。ルースの敬礼によく似た印象だ。しかしこの時、真正面に居た孝太郎だけは、彼女の瞳(ひとみ)の奥(おく)に先程までには無かった安堵の感情を読み取っていた。

「よろしく頼(たの)みます、ネフィルフォラン殿下」

将軍志望の皇女らしく真面目でプライドが高いが、その分だけ小さな悩(なや)みを胸の奥に抱(かか)えてしまいがちであるらしい——まだ会ってから幾らも話していないが、孝太郎はネフィルフォランという少女をそのように評価していた。

「お久しぶりです、皆さん！」

そして孝太郎とネフィルフォランの話が終わるのを待って、ある人物がネフィルフォランの陰から姿を現した。その人物の顔を見た瞬間、ゆりかの表情が弾けるように明るくなった。

「ナナさぁん！　帰って来ていたんですかぁ⁉」

ゆりかはナナに駆け寄ると、その手を両手でぎゅっと握り締める。やはりゆりかにとってナナは特別な人間だ。師匠であると同時に、姉のようであり、妹のようでもある。ゆりかにとっては訓練を受けただけでなく、沢山の想い出を共有する相手なのだった。

「ええ。ネフィルフォラン殿下の案内役を申し付かったの。やっぱり初めての土地は、案内する人が必要でしょう？」

「そうだったんですかぁ。会えてとっても嬉しいですぅ」

「私もよ、ゆりかちゃん。会わないうちに少し背が伸びたみたいね？」

「はいですぅ。今年になってから二センチは大きくなったんですよぉ！」

ナナもゆりかの手を握り返す。そしてゆりかと同じくらい明るい笑顔だった。それからゆりかとナナはお互いの近況を話し始める。積もる話もあるだろうと、孝太郎はその様子を見守っていた。すると近くで同じようにしていたネフィルフォランが教えてくれた。

「ちなみにナナさんは副官として我が隊に配属になりました」

「案内役はそっちの意味でもあるんですね」

孝太郎は思わず納得していた。現代日本の案内役としても、作戦立案や戦闘時にも、日本に通じている人間が居る意味は大きい。それが元・天才魔法少女のナナであるなら特にそうだろう。

「そうか、ナナさんが副官か………殿下、いずれナナさんにびっくりさせられますよ」

「びっくり?」

「ええ。あの人は特別製ですから」

ナナの天才ぶりは孝太郎は良く知っている。ネフィルフォランがそれを目にした時、一体どういう顔をするのか。孝太郎は今からそれが楽しみだった。

ゆりかとナナが再会を喜び合う間に、ネフィルフォランは他の少女達と話を始めた。最初はやはり自己紹介が主だったが、しばらくするとそれぞれに好き勝手な事を話し始めた。そうなると大真面目なネフィルフォランは目を白黒させる事になった。

「ま、魔法っ!?」

「なかなか納得は出来ないでしょうが、そうなのです、ネフィルフォラン殿下」

「まさかシグナルティンの伝承が事実であったとは……ベルトリオン卿がタイムスリップしたと聞かされた時から、勝手に科学技術の産物であるとばかり……」

「ヴァンダリオンの一派もおやかたさまを偽者の青騎士だと考えていたらしく、やはり武具は全て科学の産物だと考えていたようです。お気になさる必要はないかと」

そんなネフィルフォランの助けになっていたのがルースの存在だった。ルースの生家であるパルドムシーハ家はティアのマスティル家と一番仲が良いのだが、歴史の長い騎士家であるのでグレンダード家とも交流があった。しかもルースはネフィルフォランと同じく真面目な性格なので、二人は互いに親近感を持っていた。そのルースが保証するので、ネフィルフォランは少女達の口から飛び出す突拍子もない話にも、辛うじてついていく事が出来ていた。

「フッフッフ、あたしのおとめちっくぱわーも孝太郎が強い理由の一つなのだ」

「おとめちっくぱわー？」

「サナエ様は霊能力をお持ちです。出会った頃からずっと一緒だったせいか、おやかたさまにも霊能力を行使する為の霊力回路が備わったようなのです」

「あたしから離れて時間が経つと消えるけどネ」

「おかげで過去の世界ではヒヤヒヤものだったぞ」

「そういう訳なので、存分に尊敬するのだ、孝太郎！」

「いつもお世話になっております、早苗様」

「うむ、くるしゅうない！」

だがネフィルフォランを一番驚かせたのは、少女達の口から飛び出す突拍子もない能力の事ではなかった。

「過去の世界の話をするなら、貴方はわたくしに頼り切りでしたわよね？」

「まあな」

「だったらわたくしもたっぷりお褒めの言葉が貰える筈ですわよね？」

「そもそもお前が『朧月』で青騎士を潰しちゃったかもしれない、なんて言い出したのが問題なのに？」

「ウウッ」

孝太郎とクランが交わす言葉は、どう見ても騎士と皇女のそれではない。長い付き合いの友人同士でもなかなかないくらい、親密さを感じさせるものだった。

「孝太郎が感謝するという意味ではホレ、わらわが一番じゃろう」

「お前が？　何で？」

「何でって、わらわはそなたの主人じゃぞ⁉　それに騎士の剣術も作法も、全てわらわが叩き込んだものじゃ‼　鎧と剣をやったのもわらわじゃ‼」

「そうだったそうだった、最初はお前のワガママに振り回されたんだったな………」

「おのれぇっ、そこになおれ！　今日こそ誰が主人なのかを教えてやる！」

「上等だ、かかってこいヘッポコ皇女！」

「それは流石に言い過ぎです、おやかたさま」

「上等だ、かかってこいマニアック皇女！」

「だりゃあぁあぁぁぁぁぁあぁぁぁっ！」

そして極め付けは、孝太郎とティアの本気の格闘戦だ。フォルトーゼの伝統的な価値観からすると、どう見ても主従がやる事ではない。かといってそこに愛や尊敬が無いかというと、そういう訳でもない。孝太郎とティアは相手の急所を狙ったりせず、ただ力と技で相手を倒そうとしている。二人はとても楽しそうだった。また誰一人として止めようとしない。ネフィルフォランに負けないくらい真面目なルースでさえ、笑って見ていた。

「………これは一体、どおゆう………」

そんな孝太郎とティアを、ネフィルフォランだけが呆気にとられた様子で眺めていた。今見ているのは孝太郎とティアの戦いだったが、それだけに驚いた訳ではない。クランやルースを含めた、孝太郎と皇家の近過ぎる距離感に圧倒されていたのだった。

「里見君とティアミリスさんの戦いは、初めて観ると驚かれますよね。特にフォルトーゼからおいでの方は……」

　そんなネフィルフォランに笑いかけたのは晴海だった。これまでナルファを始め、何人かのフォルトーゼ人が孝太郎とティア達の関係に驚くのを見て来たので、ネフィルフォランの反応には覚えがあった。

「え、ええ……少し、驚きました」

　それこそ事前にナルファの動画を見たりして、ティアと孝太郎の関係は知っていた。今のように戦っている姿も見た事がある。だが動画で見るのと、こうして自分の目で見るのは違う。それに彼女は、どちらかというと周囲の人間達が孝太郎とティアを放置している事や、皇家の者と孝太郎の距離感に驚いていたのだ。

「あれは里見君とティアミリスさんのスキンシップの一環なんです。だから放っておいて大丈夫。本気だけど、本気じゃないんです」

「ええ、それは分かります。確かに、本気だけど、本気ではありませんね……」

「そうでしたね、ネフィルフォランさんも戦いはお得意ですね」

「はい……」

「まだ何か、気になる事がお有りですか？」

「それは……ティアミリスさんやクラリオーサさんが、見た事が無いような顔をしているのが少しだけ……」

ネフィルフォランには、実はもう一つ、不思議に思う事があった。そもそも彼女は軍人なので、規律や節度を守る事に厳しく、他人に自分の気持ちを明かす事は少なかった。その彼女が晴海にはすんなりと気持ちを明かしている。それは我が事ながら、ティアやクランの事と同じくらい、気になっていた。

「私達はみんなで多くの危機を乗り越えて来ました。だから何というか……もう他人とは思えなくて……ネフィルフォランさんもお仲間に対しては、少なからずそのような気持ちがあるのではありませんか？」

「はい。確かにありますが、私はそれを表に出さないようにしています」

「私達も途中まではそうだったように思います。要するに、時間の問題という事でしょうか」

晴海はそう言って笑った。その時の晴海の顔を見ていて、ネフィルフォランはある事に気付いた。

「そうだ、貴女は確か、シグナルティンを……」

「はい、その役目をアライアさんから引き継ぎました」

孝太郎がシグナルティンを振るう時、その隣にはいつも銀色の髪の少女が居た。その少女はシグナルティンの力を操り、孝太郎の力を何倍にも高める役割を担う。ネフィルフォランはそれが晴海である事に気付いたのだ。

「普段の髪は黒いのですね。気付くのが遅れました」

「おかげで目立たずに済んでいます。ふふふ」

孝太郎が魔法を使うなら、シグナルティンは魔法の剣だという事だ。それに比べると晴海の髪の色が変化するぐらいではネフィルフォランは驚かない。髪の色が変化するくらいはフォルトーゼの科学でも実現可能なのだ。

「ところでハルミ殿――」

「晴海で構いませんよ」

「いえ、アライア陛下の役目を継いだ方を呼び捨てという訳には」

晴海にはシグナルティンを操る力がある。それはつまりアライアの後継者という事。フォルトーゼ皇家にとって、晴海は孝太郎に匹敵する、超重要人物である――それが話を聞かされたネフィルフォランの結論だった。

「では私もネフィルフォラン様と呼ばせて頂きます」

「それだけはご勘弁を」

アライアの後継者がアライアの姿形で、ネフィルフォランに敬語を使う。それは大真面目で古風な考え方を持つネフィルフォランにとっては困った状況だった。

「ふふふ、どうなさいますか？」

「……それでは、私はハルミさんと呼ばせて頂きます」

そんな訳でネフィルフォランは折れた。流石に晴海に敬語で呼ばれるぐらいなら、折れた方がマシだった。これには晴海も満足したようで、笑顔で大きく頷いた。

「私はネフィさんと呼ばせて頂きますね」

「それでハルミさん、シグナルティンは貴女が一緒の時とそうでない時で、どの程度の力の差があるのでしょう？」

それは戦闘部隊の指揮官として当然の疑問だろう。全ての状況で孝太郎と晴海が一緒にいる訳ではない。そもそも孝太郎がシグナルティンを持っていない状況で戦闘に巻き込まれる場合もある。今後一緒に戦っていく上で、知っておくべき情報だった。

「実は力の差は無いんです」

「無い？　そういう風には見えませんでしたが……」

「何と言えば良いのか……ええと、里見君が一人で使っている時には、シグナルティンは常に一定量の力を放出します。戦いながら剣の力のコントロールまでするのは大変だからです。でも私が一緒なら、必要な時にだけ力を放出すれば良いんです」

「なるほど！　全体としては同じ量の力であっても、無駄なく使っているのですね」

「はい。それで見た目上は何倍か違いがあるように見えるようなのです」

「そういう事でしたか……ふむ……」

晴海の説明は分かり易かったが、ネフィルフォランの疑問が晴れた訳ではなかった。晴海の答えは状況によって様々である、という意味だったから。

「ハルミさん、申し訳ありませんが、後程やって見せて頂く事は可能でしょうか？」

「構いませんよ。一緒に戦う上で、必要な事だと思いますから」

「ありがとうございます」

「でもそれよりも……里見くーん！」

「ハ、ハルミさん!?」

『なんスかー、桜庭せんぱーい！』

孝太郎とティアの動きが止まる。晴海と話している孝太郎は隙だらけだが、不思議とティアは攻撃しようとしない。そんな事をしてもつまらないからだった。

「ティアミリスさんと遊んでばかりじゃなく、私やネフィルフォランさんとも遊んでいただけませんかー?」

そして孝太郎とティアは一度顔を見合わせた後、お互いから手を放した。

『構いませんよー』

『仕方ないのう』

孝太郎とティアが戦っている時に晴海が口を挟むという事は、それなりに理由がある筈だったから。

「ありがとうございますー、二人ともー!」

「ちょ、ちょっとハルミさんっ!?」

晴海の予想外の行動に、ネフィルフォランは焦り始める。フォルトーゼの生きる伝説、青騎士レイオス・ファトラ・ベルトリオン。こうしてネフィルフォランは、その生きる伝説と戦う機会を得たのだった。

様々な状況を考え合わせると、ネフィルフォランは孝太郎の二つの状態を知っておくべきだと考えていた。それは孝太郎が自分一人の力で戦う場合と、少女達が与えた力を全て理解する場合だった。

「……つまり私自身の力と、青騎士の力を知りたいという事ですね」

　ネフィルフォランから二度戦って欲しい、そう言われた孝太郎はすぐにその意味を理解した。少女達の力を使わない場合の孝太郎にどのくらい力があるのかを知っておけば、警備に割くべき兵力が適切に決められる。そして戦闘態勢の孝太郎の力を知っておけば、軍事作戦を適切に立てられる。大部隊の指揮官であるネフィルフォランがそれらを知りたがるのは当たり前のように思えた。

「はい。お願いできますでしょうか？」

「構いませんよ。武器もない方が良いですか？」

「いえ、護身用の武器ぐらいは最低限あると考える方が適切です」

「では……ルースさん、練習用の剣を下さい」

「すぐに御用意致します、おやかたさま」

　孝太郎は騎士剣、ネフィルフォランは大槍。どちらも刃が付いていない練習用だ。だがそれを手にした二人には練習の空気はない。武器がどうあれ本気でやらねば意味がない事を二人ともよく理解していたのだ。

「ネフィルフォラン殿下、どういうルールにしましょうか？」

「実戦のつもりでお願い致します。そしてどちらかが致命傷になりそうな攻撃を出したところで終わりにして頂ければ」

「分かりました」

二人は十メートルほど距離を置いて対峙する。二人が向かい合っているのは『朧月』にある訓練施設の中央だ。広さは三十メートル四方といったところ。そして二人が向き合ったと同時に部屋全体の空気が数度下がったように感じられる。戦いを前に、緊張感は最高潮だった。

「では参ります、ベルトリオン卿」

「お手柔らかに」

「昔から力加減は苦手ですっ！」

ネフィルフォランは言葉が終わるか終わらないかのタイミングで前に出た。覚悟をしていても会話というものは人の注意力を削ぐ。訓練施設での模擬戦という環境では、相手の隙を突くのは難しい。会話でも何でも利用出来るものは全て利用すべきだった。

「ハァァァッ!!」

裂帛の気合と共に、ネフィルフォランは手にした大槍を大きく振り被った。彼女の大槍には突きと斬り、二つの攻撃方法がある。まずは力任せに振り回して、孝太郎に斬りかかろうとしていた。

――――連隊長は伊達ではないという事か！

孝太郎はネフィルフォランの構えからその強さを感じ取っていた。ネフィルフォランは女性としては身長が高めだが、大槍を振り回しても体勢が崩れたりしない。大槍と自分の身体の関係をよく理解している証拠だ。それは果てしない修練の賜物だろう。

「こいつは困った」

向かってくるネフィルフォランに対して、孝太郎は前に出なかった。正確には前に出られなかったと言うべきだろう。本来ならば大槍を相手にするなら懐に飛び込んでの接近戦が望ましい。大槍は攻撃部分が槍の穂先にあるので、接近戦に弱いのだ。だがネフィルフォランがそれに気付いていない等という事はあり得ない。だから孝太郎は彼女の突撃を罠だと考えた。いきなり突きよりも遥かに隙が大きい斬撃で攻めて来た事が、孝太郎がそう判断した根拠だった。仕方なく孝太郎は両手で剣を構えて彼女を迎え撃った。

「たあぁぁぁっ!!」

ギャリッ

ネフィルフォランの斬撃は、孝太郎が構えた剣によって受け流された。その一撃は非常に速く、重い。剣で受け流したにもかかわらず、孝太郎の身体は僅かに押し返された程だった。

「くっ」

「お見事！　しかしっ！」

ネフィルフォランの攻撃はこれで終わりではなかった。受け流された大槍が旋回する勢いを利用して身体の向きを入れ替えると、彼女はそのまま肩で体当たりを仕掛けた。

――まさか大槍で超接近戦を仕掛けてくるとはっ！

これは予想外の展開だった。本来大槍が苦手とする接近戦は孝太郎も予想していなかった。それこそがネフィルフォランの狙いな訳だが、そこに見事に嵌ってしまった格好だった。

「一息撃ち合って終わりって訳にはっ!!」

大槍の一撃で押し返され体勢が崩れていた孝太郎には反撃の手立ては少ない。この時辛うじて出来たのは、前に出て来るネフィルフォランを剣の柄の部分で押す事だった。

「合わなかった!?」

「おっとっとっと」

体当たりの勢いをそのまま貰って、孝太郎は後ろへ飛ぶ。反対にネフィルフォランは前進する力を失ってその場で止まった。ネフィルフォランはそこで大槍を振り回したが、その時にはもう孝太郎は間合いの外へ出ていた。

「流石にお強いですね、ネフィルフォラン殿下。今ので終わりかと思いました」

孝太郎の言葉には嘘はなく、額には冷や汗が浮かんでいる。本当に危ないところだった。それを回避出来たのは多くの戦いを潜り抜けた経験ゆえだった。

「私も終わらせるつもりで仕掛けました。ベルトリオン卿も良く研鑽された太刀筋とお見受け致します」

ネフィルフォランも驚いていた。一番の驚きは孝太郎が最初の誘いに乗って来なかった事だろう。大槍を大きく振りかざせば、実戦経験のある者ほど接近戦を挑んでくる。グレンダード家の槍術にはそこからの返し技があるので、もし孝太郎が誘いに乗っていれば危なかっただろう。しかし孝太郎はその危険を嗅ぎ取って攻めて来なかったのだ。

――やはり鎧を脱いでも青騎士閣下は青騎士閣下という事か……ふふ……。

ネフィルフォランは胸の中で小さく笑う。ネフィルフォランもフォルトーゼの生まれなので、青騎士という存在には思い入れがある。幸いな事に孝太郎はその期待に応えてくれていた。それが嬉しい訳なのだが、ルースと同等以上に大真面目な彼女なので、表情には全く出ていない。霊力を読めば別だろうが、力を使わずに戦っている今の孝太郎は気付いていなかった。

「奇襲への対処能力はお見せ頂きましたので、小細工は止めにします」

「今のはそういう意味があったんですね」

「はい。ですから今度は……正面から参ります」

ネフィルフォランはそう言うと構えを変えた。彼女は両手で持った大槍の先端を孝太郎に向けた。それは大きく振り回す為の構えではなく、槍の穂先で突く為の構えだった。

「正直、小細工を続けて貰う方が勝ち目があったんですが」

「そう思います。ですが青騎士閣下の実力をお見せ頂くには、こうしませんとっ!」

言葉が終わるか終わらないかのタイミングで、再びネフィルフォランは前に出た。そうしながら槍を後ろに引き、孝太郎の隙を捜している。

「来たな!」

孝太郎も前に出る。先程のような変則的な攻撃ならともかく、正規の槍術を習得した人間が真っ向勝負に来た時に動かずにいるのは自殺行為だ。それにそもそも大槍の方がはるかに間合いが広い。返し技などの危険は承知で、最低でも剣が届く間合いまでは飛び込む必要があった。

「ハァァッ!」

先手を取ったのはやはりネフィルフォランだった。繰り返した鍛錬のおかげで自分の大槍の間合いは良く分かっているので、孝太郎がその端に触れた瞬間から彼女は連続した突きを繰り出した。

「おわあぁっ⁉　こっ、これはっ⁉」

ガンッ、キンッ、ガガッ
孝太郎は両手で構えた剣を器用に動かして、ネフィルフォランの怒涛の突きをしのぐ。その突きの連打はまるで嵐のようで、孝太郎は防ぐのだけで精一杯だった。

「ヒュッ」

そうして孝太郎の意識が上段突きに対応する事に集中したのを見計らい、ネフィルフォランは短い息を吐き出しながら孝太郎の足を払いにいく。間合いが広い槍の戦いでは、こうした攻撃の高さの切り替えで翻弄するのが定石だった。

「おっとっとっ！」

だがこの切り替えにも孝太郎は何とかついていった。剣での防御では間に合わないと悟った孝太郎はその場でジャンプして大槍をかわした。

「お見事！　しかしっ！」

だが、ジャンプしたのが失敗だった。空中にいる間は孝太郎は何も出来ない。流石にフットワーク無しでネフィルフォランの攻撃を防ぎ切る事は出来なかった。そして孝太郎が着地したその時、ネフィルフォランの大槍の穂先が孝太郎の喉元につきつけられた。これが実戦であったなら、孝太郎は槍に貫かれていた事だろう。孝太郎の敗北だった。

「……参りました」

孝太郎は負けを認めて剣を下ろした。するとネフィルフォランも大槍を引き、身体の横に立てる。そんな彼女を見た孝太郎に、改めて大槍の長さが伝わってくる。槍の穂先は彼女の頭のずっと上にあった。

「いやー、失敗失敗。反射的に跳んでしまいました」

孝太郎は素直に完敗を認めた。あの速度でこの大きさと重さの大槍を振るわれては、孝太郎であってもどうしようもなかった。だが不思議と気分は悪くない。孝太郎はそれをフレアラーンと雰囲気が似ているからだろうと思っていた。

「普通は跳ぶ前の時点で攻撃が当たる筈なのですが」

「大昔に槍使いとも戦った事がありましてね、その経験が生きました。完全にかわせはしなかった訳ですが」

孝太郎とネフィルフォランは言葉を交わしながらティア達のもとへ向かう。勝負はこれで終わりではない。装備を変えてもう一勝負行う必要があった。

「そういえば二千年前のフォルトーゼでは、槍は歩兵の主武装でしたね」

「最近の歩兵は銃なので、少し寂しく思っています」

「青騎士閣下にはそう仰る権利があると思います」

こうして言葉を交わす間も、ネフィルフォランは大真面目なままだった。こういう部分もフレアラーンを思い起こさせる。それが孝太郎には少しおかしく思えた。

「どうかなさいましたか、ベルトリオン卿？」

孝太郎が小さく笑った事に気付き、ネフィルフォランは孝太郎を見上げる。流石にその顔はネフィルフォランのもので、フレアラーンのそれとは違っていた。

「ネフィルフォラン殿下のような、とても真面目な知り合いがいたもので……それを思い出して懐かしく思っておりました」

「真面目……二千年前のパルドムシーハでしょうか？」

「ははは、流石によく御存じで」

引き続きネフィルフォランは大真面目なままだったが、孝太郎は笑顔だった。そしてその笑顔が気に入らないのが観戦していたティアだった。

「これコータロー、負けたのに笑顔でどうする！　倒すべき敵じゃぞ！」

ティアとしてはどんな状況であれ孝太郎に勝って欲しい。それが女の子の都合、そして常勝無敗のマスティル家の矜持だった。

「お前もそうだろ、俺と勝負した後なんかは」

「わらわは敵ではなく主君じゃからそれで良いのじゃ」

「ネフィルフォラン殿下も敵じゃなくて皇女だぞ。それに相手は槍なんだから、仕方ないだろう」

剣と槍で戦う場合、技量が互角なら槍が勝つ。それが戦場における常識だ。これに関しては二千年前でも今でも変わっていない。その意味では大槍の扱いを鍛え続けたネフィルフォランが勝つのは当たり前だろう。そもそも孝太郎の剣術は、ここ二年程の付け焼き刃なのだから。

「言い訳は聞かんぞ！　二戦目も負けたら承知しないからな！」

「分かってる分かってる」

「返事は一回！　軽薄に聞こえるぞ」

「ハイハイ」

「もー！」

ティアは孝太郎の敗戦とその後の態度が気に入らない様子だったが、孝太郎の着替えをいそいそと手伝っている。鎧は自動的に装甲が開閉するのですぐに着られるのだが、マントなどは必要に応じて取り付ける必要があった。

「マントや階級章は要らないだろ」

「要るかどうかはわらわが決める」

「むしろネフィルフォラン殿下が相手なら盾が欲しいんだが」

「いつも使っておらぬじゃろ」

「昔の戦争の時には使ってたんだよ」

「それに二本の剣と一緒だと、見栄えが悪いしの。何より、先日書き上げたわらわの最新の台本には盾は出てこぬ」

「………仰せのままに、マイプリンセス」

そんな孝太郎とティアのやりとりをネフィルフォランの真っ直ぐな瞳が見つめている。やはり二人の関係が気になるのだ。騎士と皇女、男の子と女の子、二つの関係が全くの矛盾無しに同居している姿には驚きを隠せなかった。

「あの距離感はティアちゃんだけよねー。正直アレの真似は出来そうもないわ。そもそも私はお姫様じゃないし」

ネフィルフォランの気持ちを知ってか知らずか、静香が同じものを見た感想を呟く。静香もしばしば孝太郎と格闘技で戦う事があるのだが、ティアのようにはならないのだ。どうしても普通に格闘技の練習、という感じになってしまう。それが何故なのかは分からないし、それが羨ましくもあった。

「ベルトリオン卿とティアミリスさんは、どのようにあの関係を築いたのでしょう？」

「うん？　ああ、それはですねえ、最初二人はライバルだったんです。それから友達になって、最後に主従関係に。だからああいうちょっと変わった感じになったんです」

「私は最初から皇女と騎士ですから、きっと無理ですね」

ネフィルフォランはここで初めて笑顔を作った。そこに特別な感情を感じ取った静香は、同じく笑顔を作るとネフィルフォランに訊ねた。

「ネフィルフォランさんも里見君の事が気になりますか？」

「私もフォルトーゼの人間ですから、自然とそうなります」

「そういえばそうでしたね」

孝太郎はフォルトーゼの伝説の英雄で、同時に現代においても英雄だった。そんな孝太郎は騎士の棟梁というだけでなく、フォルトーゼの国民の道徳の規範、心の中心に立てられた旗印だ。だからナルファがそうだったように、ネフィルフォランも孝太郎の事は気になっていた。

孝太郎は鎧を身に着け、腰には二本の剣が下がっている。これに加えて追加装備であるガーブ・オブ・ロードが鎧の上から取り付けられていた。これは現時点における孝太郎のフル装備だった。当然、戦闘能力は先程までとは段違いに向上している。だがネフィルフォランが一番気になっていたのは、胸に取り付けられている階級章だった。

「その階級章はもしかして、シャルル皇女の？」

「御存じでしたか。確かにこれはシャルル皇女殿下に賜ったものです」

「ふぉるとーぜのあおきし　かいきゅう　すごえらい　しゃるる　あらいあ　しんえいたいちょう………それを身に着けた状態では、何者にも負ける訳にはいきませんね？」

これまでずっと孝太郎には大真面目な顔しか見せていなかったネフィルフォラン。そんな彼女も流石に子供の純粋な願いに触れると、僅かながら表情が緩んだ。笑顔という程ではなかったが、その眼差しはとても優しい。今の孝太郎は霊力まで見えているので、その表情以上に、彼女の優しく穏やかな感情が伝わって来ていた。

「どうしても、そうなりますね。………多分ティアは、私に本気を出させたくてこれを着けたんだと思います」

「こちらとしても好都合です。伝説に謳われる青騎士としてのお力を、一度拝見しておくくなる時がありますが、今回は違うようなので、ひとまずティアの狙い通りなのはしゃくですけれど、今はいつになくやる気になっています」

孝太郎はそう言って腰からシグナルティンを引き抜いた。

シャキ

そしてシグナルティンを手に二、三度振り回し、使い心地を確認する。すると剣は不意にぼんやりとした光を放ち始めた。それは晴海が剣の力を引き出し始めた証拠だった。

「里見君、私は何処までやったらいいんでしょうか？」

「ネフィルフォランさん、桜庭先輩はこの剣の力を操ったり増幅したり出来るんですが、どうしたら良いですか？」

ネフィルフォランは警備上・戦術上の都合で孝太郎の青騎士としての力を知りたい訳だが、晴海はそこに含まれるのかどうか。これは流石にネフィルフォランの判断が必要だった。

「ハルミさんは剣の力のうちという事に致しましょう。やはり青騎士と言えばその剣のイメージが強いですから」

「じゃあ先輩はいつも通りで」

「はい、分かりました。頑張りますがんば」

「ねーねー、あたし達はー？」

「他の皆様みなさまのお力は、後程個別に確認させて頂きたいのですが」

「おっけー！」

厳密な話をすると、晴海を青騎士あおきしの力に含めるなら、他の少女達もそうだろう。だが他の少女達はバラバラで戦う事も多いので、とりあえずは晴海だけに絞しぼるのが正解だろう。剣の力を操る晴海は、かなり高い確率で孝太郎と共に戦うのだ。

「………これでよし、お待たせしました。私の方も準備が出来ました」

ガシャッ

ネフィルフォランは大槍を手に再び孝太郎と向き合った。今回の彼女は孝太郎と同じように鎧を身に着けている。やはり彼女の鎧も動力を備えており、彼女の身体能力を大きく引き上げてくれる仕組みになっている。しかも宇宙船の操縦装置としての機能を備えていないので、その分だけ孝太郎のそれよりも高性能だった。そして大槍は鎧を着けて戦う事を前提にして大型化、重量も同じだけ増えている。ネフィルフォランもまた、本気で戦う為の装備を身に着けているのだった。

「なるほど、これは気を引き締しめないといけないようですね」

鎧を身に着けて立つネフィルフォランを一目見た瞬間、孝太郎は彼女が容易ならぬ敵である事に気付いた。今のネフィルフォランの力は、孝太郎には直前までの予想を大きく超えているように感じられていた。

「分かるのですか？」

「その鎧と大槍に、殿下の霊力――――精神と生命の力が残留しているのが見えるんです。多くの修練を積み、多くの実戦を経なければそうはなりません。だとしたら殿下が弱い筈はありません。先程練習用の武器で負けている訳ですから、特にそうです」

「お見通しとは……本当ならベルトリオン卿がそこに気付かないでいる隙を突きたかったのですが」

　ネフィルフォランは実戦用の大槍と鎧を身に着けた状態で多くの訓練を積んでいる。これはグレンダードの訓練方針だ。そして彼女は多くの実戦を経験している。フォルトーゼに残っているヴァンダリオン派の拠点を潰して回っていたのはその一部に過ぎない。彼女は宇宙生物や犯罪組織の討伐などで、多くの戦いを経験してきた。そしてその痕跡が大槍と鎧に残っている。かつてのサグラティンに孝太郎の霊力が宿っていたように、ネフィルフォランの大槍には彼女の霊力が宿っているのだ。この時の孝太郎の感覚で言うと、ネフィルフォランの大槍なら幽霊が倒せるかもしれない、という状態だった。

「やはり勝つつもりでおいででしたか」

「これでも武家の娘、そして皇家の娘ですから」

ジャキ
ネフィルフォランは武家の娘という言葉に相応しい、とても力強い構えで孝太郎に槍を向ける。そして彼女の瞳に宿る光は、ティアと同じく何者をも倒さんという、強い力を感じさせた。

「ごもっとも。事情はこの鎧を着て、階級章を着けた私と同じでしょう」

「お互い背負うものは大きいという訳ですね」

その言葉を最後に、ネフィルフォランの瞳から優しさが抜け落ちる。その代わりに強い気迫が宿った。それは戦場に立った時の連隊長ネフィルフォランの姿だった。

「桜庭先輩っ、仕掛けます！」

「ハイッ！」

今回先手を取ったのは孝太郎の方だった。晴海に一声かけるのと同時に、孝太郎は一気に前に出る。そのスピードは先程までのそれとは大きく違っていた。実戦用装備を身に着けたネフィルフォランの強さが分からない以上、後手に回るのは危険だった。

――やはり殿下の強さは半端ではない……。

孝太郎が霊力を目に込めると、ネフィルフォランの攻撃の意思が明確に見えるようになった。彼女が大槍を振るおうとしているコースが線になって見える。それも一本や二本ではない。そしてその線は細く集束していて、明確に光り輝いている。丁度ビーム砲の連射のような感じと言えば良いだろうか。照準と戦いのイメージがしっかり出来ている証拠だった。孝太郎のこれまでの経験では、ここまで明快な攻撃の意思を持つ人間は一人しか知らない。それはティアだ。先日の狙撃手は一発の攻撃に限ればその域を超えるかもしれないが、複数の攻撃の組み立てまで含めると、やはりティアやネフィルフォランに軍配が上がる。ネフィルフォランはティアに匹敵するか、それ以上の力があると考えておかねば大変な事になりそうだった。

「………あ、孝太郎負けるかもしんない」

そして孝太郎と同じものを見ていた早苗が、そんな事を言い出した。すると二人の戦いを一緒に観戦していた他の少女達の殆どが驚きの声を上げた。驚いていないのは、何となく察しているナナぐらいだった。

「それってどういう事？　早苗ちゃん!?」

「んーとねー、ネフィが攻撃する時の霊波にはビミョーな違いがあってね、それが孝太郎には見えてないかもしんないんだー。槍じゃなかったら分かったかもしれないけど」

孝太郎の霊視は早苗が与えているものなので、どうしても早苗自身のそれよりは能力が低くなっている。そしてネフィルフォランが出している複数の攻撃の意思には、早苗でギリギリ分かる程度の違いがある攻撃が紛れていた。もしそれが孝太郎に見えていなかったら、孝太郎は負けるかもしれない。それが早苗が孝太郎が負けそうだと考える根拠だった。

「まあ見てようよ、孝太郎がどうするのか。あたしちょっと楽しみ」

「早苗ちゃんって大物ねえ」

「孝太郎が強いと嬉しいけどさ、弱くて誰か困る？　守ったげればいいだけじゃん」

「それは………そうね」

その瞬間、孝太郎とネフィルフォランの二度目の戦いが始まった。

「ハァッ！」

高速で接近した孝太郎は、思い切りシグナルティンを振り下ろした。剣は速く、ネフィルフォランには大槍で受けるしかない。だが刀身にはいつものように晴海が攻撃魔法を込めていたし、孝太郎の腕力は鎧のおかげでずっと強くなっている。その一撃はネフィルフォランには防げない筈だった。

ガンッ
しかしそうした予想に反して、ネフィルフォランの大槍はしっかりとシグナルティンを受け止めた。それは孝太郎には驚くべき事だった。

「なんとっ！」

「こちらも無策で戦っている訳ではありません！」

鎧によって強化されていたのは孝太郎だけではない。そしてネフィルフォランはもう一つ工夫をしていた。

「そうか、歪曲場を細くして⁉」

「そういう事ですっ！」

ネフィルフォランはフォルトーゼで一般的な防御手段、空間歪曲場を大槍にまとわせていた。通常、歪曲場は身体の全方位を守るように展開される。だがそれではシグナルティンは防げない。守っている範囲が広過ぎるのだ。広い範囲を守れば力が分散するのは当然だろう。そこでネフィルフォランは大槍の棒状の柄の部分だけを歪曲場で守った。そうすれば守る範囲が極端に狭くなり、エネルギーが無駄なく使われてシグナルティンの攻撃を受け止める事が出来る。だがこれには一つ大きな前提がある。それはネフィルフォランが孝太郎の攻撃を大槍で受け止めなければならないという事。それが可能である事自体が、驚くべき事だった。

「たあぁぁぁぁぁぁっ！」

ネフィルフォランは鎧の力を使ってその場で強引に旋回、槍の柄の部分を使って孝太郎を突き飛ばした。そうやって有利な間合いを確保し、ネフィルフォランは反撃に出た。

「そうか、本物の達人には生身でこれが出来るのかっ！」

孝太郎は驚きながらも楽しそうに笑う。その様子を不思議に思ったのが、当の本人であるネフィルフォランだった。

「生身でって、何処かで同じように防がれた事がっ⁉」

彼女は怒涛の突きを繰り出しながら――先程のそれより数段速く、力強い――孝太郎に訊ねる。孝太郎の方もそれを受け止めながら答えた。

「ＤＫＩの坊ちゃまのロボットがやっていたんですよ、バリアーをナイフ状に集中させて、俺の動きを読んで防御するって技を。それを人間が出来るとは思わなかった！」

かつてエゥレクシスが孝太郎の前に立ちはだかった時、彼が乗っていたロボットにその機能が搭載されていた。小さなナイフの刀身に集中させた空間歪曲場は、小さい分だけ驚くべき強度があった。そして機体のコンピューターが孝太郎の行動を予測して正確に防御する。孝太郎はそんな事は機械だから出来る事だと思っていたのだが、目の前の少女はその思い込みを覆した。流石はフォルトーゼ皇家、孝太郎は嬉しくなっていた。

「里見君っ、戦い方を変えた方が良いんじゃありませんかっ⁉」

晴海は咄嗟に強化魔法の準備をする。攻撃力よりも速度を重視した方が効果的だと思ったのだ。しかしこの提案に孝太郎は首を横に振った。

「今スピードを変えると危ないです！　一旦距離が離れるまで待って！」

「は、はいっ！」

孝太郎が危惧したのは、強化魔法がかかった瞬間の事だった。突然スピードが変わるので、孝太郎の動きが一瞬乱れてしまう。運転中に車のギアを突然入れ替えるようなものだろう。そしてその時に出来た隙を、ネフィルフォランが見逃すとは思えなかった。

「ならばっ！」

「うおぉっ!?」

孝太郎は間合いを取ろうとしている――――それを察したネフィルフォランは攻撃のペースを上げた。多少狙いの正確さは失われるが、孝太郎に余裕を与えれば距離を取られてしまう。それは晴海の魔法で強化されるという事だ。勝機は今。ネフィルフォランは伝説の英雄に勝とうと必死だった。

「まずいまずいっ、まずいっ！」

ガンキンゴンドンッ
孝太郎は大忙しだった。鍛え上げられたネフィルフォランの攻撃の意思は明快で、事前にどこを狙っているのかが分かる。だが分かるからといってこの速度についていくのは困難だった。またコンビネーション攻撃を始めとする、彼女が反射的にやっているような攻撃や行動に関してはどこを狙っているのかすら分からない。だから孝太郎が自分の反射神経や身に付けた剣技で何とかしなければいけないのだが、どうしても幾つか防ぎ切れない攻撃があった。そういったものは鎧のバリアーや晴海の防御魔法に頼らざるを得ない。しかし大槍の攻撃は威力があるので、そう何度も防げない。実際、空間歪曲場のバリアーはシステムが警告を続けている。孝太郎は少しずつ追い詰められていた。

『アラートメッセージ、空間歪曲場のエネルギー残量十三パーセント。本システムは戦況を不利と判断、即時撤退を推奨』

「言ってないでしっかり守れ！」

『仰せのままにマイロード』

「ここでっ！」

孝太郎の鎧の警告を耳にしたネフィルフォランは、ここで勝負に出た。

ブンッ

不意に彼女が手にしていた大槍が黄色い光に包まれた。これは彼女の槍に備わっている機能で、穂先に高電圧の電気が蓄えられた事を示す。この電力は鎧のジェネレーターから供給されており、非常に高い攻撃力を持つ。これまで孝太郎は大槍の攻撃を受け止める事が出来たが、今は穂先に触れただけでアウトだ。そして恐らく直撃なら電撃がバリアーを崩壊させ、大槍は孝太郎に届く。これがネフィルフォランの奥の手だった。

「殿下っ、私を殺そうとしていますねっ⁉」

「そのつもりでやらねば意味がありませぬ故！」

「ごもっとも、ごもっともですがこれはっ！」

剣で防げない以上、孝太郎は逃げ回るしかなかった。だがもちろんネフィルフォランは大槍を振り回しながら追ってくる。孝太郎は少しずつ追い詰められていた。

「里見君っ、もう剣を使って大丈夫です！」

「助かったっ！」

ガキンッ
ここで孝太郎の剣が大槍を受け止めた。だが穂先に蓄えられた電気は孝太郎の方には伝わらない。晴海の魔法が孝太郎に電気が伝わらないようにしているのだ。

「ハァッ！」

ネフィルフォランは迷わず大槍から左手を離すと、孝太郎の死角側からパンチを放つ。槍の一撃から拳を繰り出す流れは非常に滑らかで迷いがない。これは繰り返し練習したグレンダード伝統の戦闘術。大槍の弱点は密着状態なので、自然とこうした戦闘技術が発達するのだ。また、そんなネフィルフォランの動きに反応して彼女の鎧が防御用の空間歪曲場を拳に集中させる。大槍ほどではないものの、この拳の一撃も脅威だった。しかも死角側から繰り出されているから回避も難しかった。

「うわあっ、次から次へと！」

やはり孝太郎は拳の存在に気付くのが遅れた。霊波が見えるから気付いたのであって、そうでなければこの時点で敗北していたかもしれない。実際晴海はこの攻撃に対応する事が出来ていない。孝太郎が自分で何とかしなくてはならなかった。

「ええいっ、こうなったら！」

そこで孝太郎も奥の手を出した。孝太郎は自分の左手に意識を集中させる。するとその拳から爆発的な勢いで炎が溢れ出した。今も鎧の左腕に内蔵されている霊子力兵装が、孝太郎の霊力を炎に変換したのだ。そして炎は目の前にいるネフィルフォランに襲い掛かった。

「くうっ、そうかっ、伝説の籠手もあった！」

至近距離で火炎を浴びせられれば、いかにネフィルフォランといえど反射的に身を守ってしまう。彼女は思わず後方に飛び退る。これはダメージと視界を塞がれる事を恐れてだった。もちろんこの一瞬を見逃す程、孝太郎もお人好しではなかった。

「ハァァッ！」

孝太郎は彼女を追って一気に間合いを詰めた。空中にいると何も出来ないのはネフィルフォランも同じだ。大槍を振り回す為のしっかりとした足場がないので、後方に跳んだその一瞬は彼女も無防備である筈だった。

「流石ベルトリオン卿、しかしっ！」

キュンッ、キュキュユウゥンッ
その時だった。彼女の大槍の先端から、数発のビームが発射された。伝統的な形をしていても、大槍はやはりフォルトーゼの最新兵器。電撃以外にも、ビーム砲の機能まで内蔵していた。そしてこの攻撃こそが、ネフィルフォランの最後の策。そして早苗が感じていた違和感の正体。大槍から放たれたこの別の種類の突きは、完全に孝太郎の予想の外側にあった。

「おおっとぉ！」

だが孝太郎はこのビーム砲の連射を、ジャンプと鎧のブースターを併用する事で、ギリギリのところでかわした。それが出来たのは晴海のおかげだった。ネフィルフォランが後方に跳んだ瞬間、好機と見た晴海は孝太郎の反応速度を上げる魔法を使っていたのだ。

「それでは良い的ですよ、ベルトリオン卿ッ！」

キュキュウンッ

そんな孝太郎に再びビーム砲が襲い掛かる。空中にいると何も出来ないのは孝太郎も同じ。今は緊急回避用のブースターを使った直後なので特にそうだった。先程とは逆に、孝太郎が空中で危機的状況にあった。

「御心配なく、この代の白銀の姫も、先代に負けず劣らず優秀ですから！」

『我が呼びかけに応え、舞い上がれ風の精霊！　渦巻いて嵐となり、矢玉の雨を吹き払わん！　吹き荒れよ！　大気の大楯えっ!!』

髪を銀色に輝かせ、晴海が魔法を発動させる。それは敵の攻撃を防ぐ盾を作り出す魔法だった。

ガンッ

だがそれは孝太郎を守る為のものではなかった。孝太郎は空中に現れた強靭な魔法の盾を蹴り付け、移動の方向を変えた。おかげでネフィルフォランが放ったビームはそのまま訓練場の天井を焼いただけで終わった。

――――負けたな……。

その瞬間、ネフィルフォランは自らの敗北を悟った。孝太郎が魔法の盾を足場に使ったのは、ビームを避ける事だけが目的ではない。この時、孝太郎は両手で剣を構え、真っ直ぐにネフィルフォランに向かって突っ込んできていた。そして銃撃直後のネフィルフォランには、大槍を構え直す時間的な余裕はなかった。

「……参りました、ベルトリオン卿」

「貴女もとても強かったですよ、ネフィルフォラン殿下。完全に一対一なら私が負けていたでしょう」

孝太郎の剣はネフィルフォランの目の前で止まっていた。実戦ならネフィルフォランは孝太郎に斬られていただろう。ネフィルフォランの敗北だった。

――しかし、とても楽しかったなぁ……。やはり青騎士閣下は青騎士閣下だったか。ふふふ……。

負けてしまったネフィルフォランではあるが、不思議と気分は悪くなかった。それはティアと同じく孝太郎に勝ちたいと願いつつも、心のどこかで孝太郎を応援していたからかもしれない。どんな敵であれ、最後は青騎士が勝つ。それはフォルトーゼの人間の多くに共通する、願望なのだった。

勝った孝太郎を迎えたのは、腕組みをしてふんぞり返っているティアだった。興奮気味で鼻の穴が普段より少し大きくなっていて、やたらと自慢げな表情だった。

「お役目御苦労！　褒めて取らす！」

「何でお前がそんなに自慢げなんだ」

「何度も言わせるな、そなたの勝利はわらわの勝利じゃ」

「いつもやっつけようとしてくるのに？」

「それはそれ、これはこれじゃ」

「勝手な奴だなぁ……」

そしてティアは上機嫌で孝太郎から装備を外していった。剣や階級章、マント等、大事にしなければならないものは多い。ティアはそういった物を一つ一つ丁寧に収納していった。そうした貴重品の収納が済んだところで、孝太郎は前面装甲を展開し、鎧から抜け出した。

「お疲れさん」

『お役に立てて光栄です、青騎士閣下』

孝太郎はいつものように鎧に声をかける。鎧に搭載された人工知能は装甲を元に戻しながらそれに応じた。鎧の人工知能とは二年以上の付き合いになる。必要ないと分かっていても、自然と声をかけてしまう孝太郎だった。

「ベルトリオン卿」

そんな孝太郎の背中に声をかける者があった。それは自らも鎧を脱いだ、ネフィルフォランだった。

「ネフィルフォラン殿下」

「御協力に感謝致します」

ネフィルフォランは孝太郎の前まで進み出ると、背筋を正し改めて敬礼をした。

「あんなもので良かったんですか？」

「はい、とても参考になりました」

ネフィルフォランは孝太郎の実力を、孝太郎単独の場合と青騎士の場合、二つの意味で把握した。孝太郎単独の実力はよく訓練した騎士と同じくらい、青騎士としての実力は伝説通り。今後の警備や作戦の立案は今日の戦いを参考に行われるだろう。だが一つだけネフィルフォランには分からない事があった。だから彼女はこの時、お礼を言うついでにそれを質問した。

「ただ、戦っていて不思議だったのですが、ベルトリオン卿はもしかして、私の槍がどこへ来るのか、事前に分かっていたのですか？」

　ネフィルフォランの疑問は武芸の達人の彼女だからこそ気付いた事だった。彼女がどこを攻撃しようかと孝太郎の隙を探すと、姿勢が変わったり、剣の刀身が邪魔をしたりと、まるで彼女を先回りするかのように隙が消えていった。だからこそ大槍の広い間合いとスピードで押し切る戦い方になったのだ。彼女はその理由が気になっていた。

「全部ではありません」

　孝太郎は小さく笑うと首を横に振った。孝太郎の視点では、むしろ霊視のおかげでネフィルフォランの凄さが浮き彫りになっていた。

「見えたのはどれも最初の一手だけで、二手目以降の殿下が反射的に槍を振るっている時は分かりませんでした。ネフィルフォラン殿下は本当に良く鍛錬しておられるようですね」

　孝太郎が読み取れたのは、ネフィルフォランが最初に狙っているところまでだった。そして二手目以降は、霊波には殆どその狙いが現れなかった。反復して繰り返した槍の技を身体が覚えているから、殆ど意識せず反射的に攻撃していて、孝太郎にはいつものように技を見切る事が出来なかった。これは驚くべき事と言える。天才型のティアには出来ない、ひたすら積み上げた修練が可能とした技だった。

「それとビームと大槍が殆ど区別できませんでした。あれには驚きました。こっちが攻撃を読んでいると気付いて、あれで勝負なさったんですよね？」

　孝太郎は苦笑する。ネフィルフォランは最初からビーム砲で攻撃する隙を狙っていた。だが大槍の突きの動きは直線的なので、孝太郎にはビームによる攻撃とは区別が出来ていなかった。ネフィルフォランが大槍を使って戦っている事に対する先入観もあった。まさか先端からビームが飛び出るとは思っていなかったのだ。時代が変わっている事に気付いていなかったという事になるだろう。そんな孝太郎の様子に気付いたネフィルフォランは、途中から方針を切り替えてビーム砲を最後の賭けに使った、という訳だった。

「はい。とはいえ結局は避けられてしまった訳ですが」

「あれは桜庭先輩の魔法の力で強引に避けただけで、攻撃としては正解でしたよ」

　孝太郎のこの言葉は本心だった。孝太郎がビーム砲の発射に気付いたのは、発射の直前に槍の先端部分が僅かに変形したのを見たからだ。普通ならそのタイミングでは回避は間に合わないが、孝太郎には普通ではない支援があったから回避が間に合った。武芸の技と戦い方に関しては、ネフィルフォランは孝太郎を圧倒していた。

「ベルトリオン卿にそう言って頂けると光栄です」

　ネフィルフォランは言葉通り満足げに目を細めた。グレンダードは古より武芸を磨いてきた。時代が移り変わり科学技術が発達すると、それに合わせて武芸の形も変化させてきた。その一環として槍の戦闘術には内蔵型のビーム砲が組み込まれ、その為の技も少なくない。今回の戦いにもそれが存分に生かされ、青騎士——孝太郎を追い詰めた。それを評価された事は、グレンダード家の一員として誇らしかった。

「あぶなかったよねー、あたしは最初から気付いてたけど」

「早苗ちゃんが言ってた里見君が負けるかもって、この事だったのね」

「にしししし、負けなかったけどね」

早苗は自慢げだった。負けるかもと思ってはいたが、孝太郎が勝った方が良いのは早苗も同じだ。そして自分の力が孝太郎を守ったという自負もあった。

「私の方は、ベルトリオン卿が空中でジャンプをなさったのが驚きでした」

ビーム砲の奇襲が孝太郎を驚かせ、それを回避する為の空中での再ジャンプがネフィルフォランを驚かせた。ネフィルフォランには空中で再度ジャンプして向きを変えるという発想自体が無かったので、孝太郎の動きに対応出来なかった。

「バリアーを足場にするのは私が良く使う手です」

「なるほど……我々グレンダードも技術に合わせて戦闘術を発達させてきましたが、まだまだ工夫が足らぬようです」

正直に言うと、ネフィルフォランはビーム砲を撃った時に勝ったと思っていた。それを覆したのは孝太郎の戦い方の工夫。空間歪曲場を足場にする事は可能なので、単純にアイデアで負けた事になる。しかしネフィルフォランは悲観していない。孝太郎の青騎士としての戦い方はグレンダードに持ち帰り、戦いの新たな技術として取り込んでいく予定だった。

「私の場合は戦い方を発達させたというか、単純にチームワークの勝利ですね」

孝太郎は小さく笑うと、ちらりと背後を振り向く。そこには晴海と真希の姿があった。今日は晴海がやった事だったが、厳密には孝太郎の動きを読んで足場を作る技は真希が編み出したものだ。この技は二人が孝太郎の気持ちを分かっているから出来るのであって、孝太郎の方はただ信じて突き進んだだけだ。孝太郎の言葉通り、チームワークの勝利だった。そんな孝太郎の言葉を聞いて、晴海と真希は微笑んだ。

「この私もその一翼に加えて頂ければ光栄です」

ネフィルフォランは孝太郎をサポートする為にやってきた。今日のこの戦いもその為のものだ。ネフィルフォランはいずれ自分も、晴海と同じように孝太郎を手助け出来れば良いと思っていた。それは簡単な事ではないだろうけれど。

「よろしく頼みます、ネフィルフォラン殿下」

「はいっ！」

　孝太郎もネフィルフォランの助力をありがたいと思っていた。彼女の実力はもう十分に分かっている。そして彼女には今の孝太郎達にはない、軍の力がある。それは今後の戦いに十分役に立ってくれる筈だった。

「それとベルトリオン卿」

「はい？」

「不躾な、お願いなのですが、で、出来ればそのぉ………一緒にお写真等を撮らせて頂けたらと………」

「殿下ぁ!?」

「コータロー、実はネフィはわらわに負けぬくらいの歴史マニアでのう。真面目だから今まで我慢していたようじゃが」

「そうだったのか。ふふふ、私などで宜しければ幾らでも。幸い優秀なカメラマンも来ていますし」

「そ、それとこのアライア様の旗にサインなどをして頂けると………出来ればハルミさんも………」

「他には？」

「今はその………これだけです」

「分かりました。ナルファさん、お願いできるかい？」

「はいっ！」

だからその代償として必要なのが記念撮影とサインであるなら、孝太郎は幾らでもやろうと思っている。こうして孝太郎達はネフィルフォランとその連隊という、新たな仲間を得たのだった。


ティアがネフィルフォランの到着を待っていたのは、同じ趣味の持ち主だからという訳ではない。ネフィルフォランが地球へ来ないと、ヴァンダリオン派残党に対する攻撃が出来ないからだった。ティア達は外交使節団として地球に来ているので、護衛程度の兵力しか連れて来ていない。ネフィルフォランの連隊の到着を待たなければ、敵の拠点に対する攻撃には不安があったのだった。

「だがティア、ネフィルフォラン殿下の指揮下にある連隊は、どういう名目で地球に入れたんだ？　あまり大々的に兵力を連れて来られない事情は変わってないんだろう？」

フォルトーゼの外交使節団は地球に友好を求めてやってきた。その使節団が重武装した軍隊を連れていると都合が悪い。武力侵略を疑われてしまうからだった。

「そこは時期的なものに助けられた。ホレ、留学生や教員、使節団が増員される事になったじゃろう？　だからネフィの連隊ぐらいなら警備目的で不自然はない訳じゃ」

「私の連隊は半分が留学生や教員などを守る任務に就きます。残りの半分は宇宙港の警備にあたります」

「そういう事か。ウチの高校の学生寮だけでもあの規模な訳だからな。それに宇宙港の警備は地球人だけでは務まらないし……」

　フォルトーゼ皇国軍の軍制では、連隊はおよそ二千五百人。その半数ほどが日本各地のフォルトーゼ関連施設の警備に回り、残り半分が宇宙港の警備にあたる。他の関連施設に比べて宇宙港担当の兵員が多いのは、警備用の艦艇を運用する必要があるからだ。貨物船に乗り込んでの臨検などでは、当然皇国軍側にも宇宙船が必要だった。

「とはいえ……多少もったいない気がするな」

　事情を知った孝太郎は小さく苦笑する。そんな孝太郎に、当のネフィルフォランが怪訝そうな顔をする。自分達に不都合や不満があるのかと考えたのだ。

「ベルトリオン卿、何か問題が？」

「ネフィルフォラン殿下を一時的にとはいえ、警備任務に就けている事を勿体ないと感じました。皇女殿下には本来警備を付けるべきで、警備して貰うのでは本末転倒ではないかと思った次第です」

「………ベルトリオン、貴方わたくしとティアミリスさんも皇女だという事を忘れていますでしょう?」

「覚えてる覚えてる。でも、お前達は………」

「わたくし達は?」

「………何だろうな?」

「それはわたくしの台詞ですわ!」

「ネフィ達グレンダード家は長年のライバル、騎士家ウェンラインカーに差を付けられて焦っておるのじゃ。前に話したじゃろう?」

「それは覚えてるって。でも警備以外に何か上手い隠れ蓑はなかったのか?」

「なかったからこういう事になっておる。なるべく嘘もつきたくなかったしのう」

「政治的な配慮ってヤツか」

　探せば別の隠れ蓑はあっただろう。また二千五百人なら内密に上陸させる事も出来たかもしれない。しかしティアはそれをしなかった。日本側に嘘をついて兵力を入れる事になるからだ。外交上どうしても必要な嘘もあるだろうが、避けられる嘘は避けたいというのがティアとエルファリアの考え方だった。

「うむ……ともかく、今はこの規模の部隊までは使えるようになった。この機会を逃さずに、ヴァンダリオン派残党への攻撃を仕掛けたいのじゃ」

色々と事情はあるが、ネフィルフォランの連隊を地球へ送った一番の目的は、やはりヴァンダリオン派の拠点への攻撃だ。彼女達の到着でようやくそれに着手出来るようになったので、ずっと我慢していたティアは興奮気味だった。

「そこで今日は皆に集まって貰った。攻撃の為の知恵を借りたいと思っておる」

そう言ってティアはこの場所――――『朧月』の会議室に集まった者達の顔を順番に眺めていく。孝太郎と九人の少女、そしてネフィルフォランと案内役のナナの総勢十二名。流石に今日ばかりはナルファと琴理の姿はない。そして一番初めに口を開いたのはナナだった。

「敵の拠点の事はどこまで分かっているんですか?」

拠点の攻撃は、何処にあるのかはもちろんの事、内部の構造がどこまで分かっているのかに作戦の成否がかかってくる。ナナでなくても、最初に知っておきたい情報だった。

「ルース、頼む」

「はい。皆様、こちらをご覧下さい。マキさんが提供して下さった情報と、それを元にこちらで改めて収集した情報を合わせたものになります」

　オペレーター用の席に着いたルースが手元のパネルを操作すると、多数の立体映像が表示される。中央にあるのが拠点の三次元モデル。その周囲を囲むように、拠点に関する各種データが表示されていた。

「へぇ、こんなに分かっているのか……確か藍華さんが見て来たのは、入り口の辺りまでだったよな？」

　表示された情報は多岐にわたっていた。拠点の場所を特定した真希から聞いていた情報よりもずっと多い。不思議に思った孝太郎は真希の方に目をやった。

「はい。ゲートを抜けて水路、そこから駐機場というか、ドックというか……そしてこの整備区画と倉庫の辺りまではこの目で見ています」

　真希は立体映像を指し示しながら孝太郎の疑問に答える。孝太郎の言う通りで、ルースが表示した映像には真希の記憶以上のものが映し出されていた。

「どうやって調べたんだ？」

　孝太郎は今度は隣に座っているクランに目を向ける。誰にも見付からないように調査する事に関しては、クランが一番詳しかった。そして実際に、ここまで調査したのはクランだった。

「この『朧月』や無人機を使って、普通に調べただけですわ。安全な距離から調べただけですから、分かっていない事も多いのですけれど」

「これで安全な距離からなのか？　俺にはかなり詳細な調査結果に見えるが」

「一番難しいのはやはり、拠点が何処にあるのかを特定する事ですの。それさえ出来てしまえば『朧月』の装備ならこの程度は可能ですわ。まあ、マキの手柄ですわね」

　調査が詳細である事には、クランの『朧月』が科学技術に特化した宇宙戦艦である事が生きた。通常の皇族級宇宙戦艦よりもずっと高度な観測機器が装備されていたのだ。軌道上から地下の鉱脈を探すような装置が積まれているので、調べるべき場所が何処なのかが分かっていれば、地下の様子を調べるのはそう難しくはない。十分な時間をかけて調べれば、こうして地図を作る事は可能だった。ネフィルフォランを待つ必要があったので、その時間を有効に使った格好だ。ただし調べるべき場所が分からないと地球全体の総当たり調査になるので、見付け出すのは困難だった。やはり真希が場所を特定した事が大きいのだった。

「けれどやはり外からなので、見えてない部分も多いですわね」

　クランが拠点の立体モデルの幾つかの地点を指し示した。そこは灰色に塗られていて、何の施設なのかが分からなかった。フォルトーゼには遠隔の調査を防ぐ為の技術があるのだ。地球の技術で作ったものでも、単純に金属の厚い壁だったり、複数枚の壁の向こう側などは見えなかったりする。だからどちらかというと形から機能を推測した部屋の方が多い。中くらいの部屋に小部屋が並んでいればトイレだな、といった具合だ。本当の意味で中を透視出来た部屋は、実はかなりの少数だった。

「とはいえ中が全く見えないという事自体が、そこに何かがあるという証拠でもありますから」

「それで施設の全体像は作れたという事だな」

　フォルトーゼ本国で軍の重要施設が作られた場合、恐らく『朧月』で宇宙から観測しようとしても何も分からないだろう。施設全体を基礎工事からのレベルで観測出来ないように作るからだ。だが地球で孤立しているヴァンダリオン派残党の場合は、そこまでの事をする時間も資金もない。重要な部分だけを守るので精一杯、後は基地そのものが見付からないように工夫する、というやり方になる。だから真希に基地を見付けられた時点で、ヴァンダリオン派残党にとっては危機的状況という事になるのだった。

「ところで藍華さんはどうやってあそこまで行ってきたんだ？」

「彼らが移動に使っている戦闘艦の倉庫に忍び込んで、じっとしていました。あまり大きくない艦なので時折人が来るのですが、それは魔法で対処を」

先日孝太郎達がヴァンダリオン派の残党と戦闘した時、真希は戦闘には加わらず、敵の拠点を見付け出す事に専念していた。真希は身を隠しながら敵の兵に近付き、彼らが帰還する時に使った戦闘艦に忍び込んだ。彼らは敗戦からの撤退で慌てていたので、忍び込む事自体はそう難しくはなかった。問題は戦闘艦が発進して彼らが落ち着いた後で、真希は逃げ場のない袋小路に飛び込んだ状態になってしまった。だが真希は冷静に対応、まずは人通りの少ない場所を探した。そのタイミングでは物資の倉庫だった。戦闘を終えて帰還中だったので、物資を取りに来る者も置きに来る者も少なかったのだ。後は単純に物陰に隠れ、必要に応じて幻術や心術を使って発見されないように工夫した。真希は心を操る事を得意とする魔法使いなので、見付からないようにするのは得意だった。

「基地の中に入った後は？」

「運び出される武器の箱の中に居て、そのまま基地の倉庫に連れて行って貰いました」

「大胆だな」

「監視装置を掻い潜るには便利なんですよ」

「言われてみればそうだな」

戦闘艦のような忙しい場所は変装やちょっとした魔法だけで見付からずに済むが、基地の中となるとそうもいかない。厳重な監視を掻い潜るには多くの魔法を必要とする。だがこうした任務のエキスパートである真希だから、それを節約する方法を知っている。大型武器のコンテナに隠れるのはそのうちの一つだった。

「ただやはりそこまでが限界でした。帰る心配もしなければならないので、倉庫とその隣の整備区画まで確認したところで帰って来ました」

「そうだな。その先はクランに任せたのは正解だろう」

基地内に設置されたフォルトーゼの高度な監視装置を誤魔化す為に、真希は多くの魔法を使う必要があった。そして帰り道もそれを維持する必要があったので、実際に彼女が基地内を見て回れた範囲は狭かった。だが先程クランが言ったように、真希に与えられた仕事は拠点の場所を特定する事だ。また副次的な理由から、敵に見付からない事も求められる。場所を特定しても真希が敵に見付かっては意味がないのだ。最悪の場合は拠点を移されたりするし、単純に逃げられるだけでも問題だ。もちろん単独任務の真希の危険を最小限にする意味もあった。そんな訳で素直で真面目な真希は与えられた仕事を忠実に実行し、何の痕跡も残さずに拠点を脱出、一〇六号室へ帰還したのだった。

「あたしやティアには出来ない芸当だわね。魔法が使えたとしても」

「うむ。その辺りには自信があるのう」

「あたし目立つのは自信があるんだケド」

「同感じゃ」

「自信があってどうするんだ、お前ら」

「要はマキが凄いという話じゃ」

早苗とティアは慎重さや目立たない事には縁がない。潜入任務には全く向いていない。向いているのはむしろ爆発や破壊だ。そんな二人にとって真希は尊敬の対象だった。

「ともかく難しい役目をこなしてくれてありがとう、藍華さん」

「いえ、これくらいは別に………得意ですし………」

「そういう君に甘えてお礼を言わなくなると、良くない気がする。藍華さんには胸を張って欲しい」

「あ、はい………分かり、ました………」

孝太郎の言葉に真希は小さな笑みを浮かべた。孝太郎の言葉からは、自分の欠点と真希の欠点、その両方を意識しているのが伝わってくる。だから真希は自分も笑顔で胸を張ろうと思った。

「さて、ここからが本題だな」

背景となる情報が分かったところで、孝太郎は話を本題に戻した。この作戦会議の目的は、真希が命懸けで持ち帰った情報を元に攻撃計画を作る事。あまり余計な話をしている余裕はなかった。

「みんな、この拠点に攻撃を仕掛けるアイデアはないかい?」

「ティアちゃんの場合は正面から行きたい訳でしょう?」

静香がそう指摘すると、ティアは我が意を得たりと大きく頷いた。

「うむ、当然じゃ。正面から行って踏み潰すのが王者たる者」

『分かる、その話はとても良く分かるぞティアミリス皇女』

「分かって下さるか、アルゥナイア殿!」

『うむ! そなたも儂に負けぬくらい、生まれながらの帝王のようだな!』

静香の肩に乗っていたぬいぐるみサイズのアルゥナイアが力強く同意する。ティアとアルゥナイア、二人の思い描く王者像は非常によく似ていた。

「しかし基地の入り口は水面下、ゲートの厚みもかなりのものだ。正面から強行突破するよりは、こちらの排熱用のダクトが狙い目だと思うが」

しかし二人の願いは脆くも打ち砕かれる。黙って拠点の立体映像を眺めていたキリハは別の案を提案した。こうした会議ではキリハの案が採用される事が多いので、二人の正面突破の夢は叶わぬ夢となった。そんな信頼感の高いキリハの案ではあったが、意外な事に早苗が疑問を呈した。

「ねーねーキリハ、排熱ダクトってさ、隠しときたいんだよね？」

「ああ」

「なんでこんなにいっぱいあるの？　一個じゃないと隠せなくない？」

早苗の疑問は拠点にある排熱ダクトの数の多さだった。実際にキリハが考えたように敵が侵入するルートになるので、排熱ダクトは数が少ない方が良い筈。それが意外と沢山あるので、早苗はそれを不思議に思ったのだ。早苗にしては冴えた疑問と言えるだろう。

「それは逆なのですわ、サナエ。一個だと高熱を発して目立ってしまうんですの。複数に分ける事で、ダクト一つ一つの温度を下げているのですわ」

早苗の疑問に答えたのはクランだった。空や宇宙からの監視を想定すると、拠点の排熱は探し易い目印と言えた。特にラルグウィンの一派は霊子力兵装の生産を進めている筈なので、拠点と工場からの排熱はかなりの温度になる。それが人里離れた場所にあれば、見付けるのも容易い。それを避ける為に排熱ダクトは多くの数に分ける必要があったのだ。人里離れた場所であっても自動車やボイラー等の多くの熱源がある。多くのダクトに熱を振り分ける事で、そうした何処にでもある熱源に紛れ込ませようというのだった。

「じゃー、向こうの痛い所ってコトか」

「そのようですわね。だからダクトそのものの構造を工夫したり、見付かり難い場所を選んだりしているようですわ」

　それが弱点である事はラルグウィン達も分かっている。だから問題を改善する為に手を打っている。放熱の為の構造を工夫して素早く熱が拡散するようにしたり、周囲から発見しにくいように場所を選んだりカモフラージュを工夫したりというものだった。

「じゃあ是非ここからお邪魔しないといけないね？」

「基本的にはそうですけれど、これだけの数となると、罠が紛れているかもしれませんわね」

　クランは慎重だった。確かに早苗の言う通りなのだが、諸手を挙げては賛同できない。敵の工夫が見えている範囲に留まっているかどうかの保証がなかったからだった。

「そうか、あいつなら罠があってもおかしくないよな」

　これには孝太郎も賛成だった。これまでのラルグウィンの戦いぶりを思うと、何か準備があると考える方が自然に思えた。特に排熱ダクトというものは、拠点の動力や、問題の工場に繋がっている可能性が高い。絶対に用心している筈だった。

「とはいえ、ダクト内に罠を作れば排熱の邪魔になるでしょうから……想定される侵入ルートに厚めに兵を置く形が一番怪しいですわね」

「ふむ、ありそうな話だな」

「………ところでベルトリオン、なんで頭を撫(な)でますの？」

「手の届く所に撫で易そうな頭があったからだ」

こうして早苗の疑問は解決した訳だが、そのタイミングで手を挙げた者がいた。

「ちょっと質問しても良いでしょうか？」

手を挙げたのは晴海だった。彼女にも一つ疑問があったのだ。

「どうぞ、ハルミ」

「クランさん、折角(せっかく)入り口が水中なのに、排熱用のダクトが地上にあるのは何故(なぜ)なのでしょう？」

熱を冷ます事を考える場合、普通に考えると真っ先に水が思い浮かぶ。しかし敵の拠点はそれをせずに空気による冷却(れいきゃく)をしている。そこが晴海には不思議に思えたのだ。

「それも罠を疑う根拠(こんきょ)の一つですわ。もっとも工場の排熱は膨大(ぼうだい)でしょうから、水での冷却もしているのかもしれませんわね。しかし水温が高い湖が出来てしまうほどには水で冷却する訳にはいかない」

「そっか………目立たないように色んな冷やし方をしている場合もありますよね」

温度が高い湖、というものは現在の地球の技術でも発見できるくらいに目立つ。気温から数度温度が高いだけで人工衛星はその場所を他とは違(ちが)うと判断する。見えないところにあるボイラーや車のエンジンに見せかける方が安全だった。

「だから、なんで頭を撫でますの？」

「さっきも言ったろ、撫で易そうな頭があるからだ」

「……貴方なりに、気を遣って下さっていますのね？」

「違うぞ、全然違う」

グッ
孝太郎は不意に、クランの頭に手を乗せたまま指に力を入れる。いわゆるプロレスでしばしば見かける、アイアンクローという技だった。

「イタタタタ！　もう、貴方という人は……ふふふ……」

罠や陰謀、策略に詳しいというのは、今のクランにとってはマイナス要素だ。孝太郎に指摘されたくはない。だが孝太郎としては無視する事も出来ない。クランの頭脳が孝太郎達に道を示してくれているのは紛れもない事実なのだ。だから孝太郎は何かを言う代わりにクランの頭を撫でる。そして意地でも理由を言わない。この事をクランが気にしている事を知っているからだった。

「……里見君ってさ、ああいう恋人や夫婦でもなかなか出来ない事を、当たり前のようにやってしまっている自覚ってあるのかしら？」

孝太郎とクランの様子を見て、静香が隣のキリハに囁く。するとキリハは小さく微笑んでから同じように囁き返した。

「……少し前までは確実に無かった。しかし、今は分からない。多少自覚しているようにも見える」

「……やっぱりちょっと変わったよね、里見君」

静香には、孝太郎は高校三年生になったあたりを機に、クランだけでなく少女達全員に対する態度を変えたように感じられていた。今のクランとのやりとりを見て、静香はそれを改めて感じていた。

「……うむ、それは間違いない」

キリハも静香と同じ意見だった。そしてもちろんそれは、他の少女達も大なり小なり感じている事だった。少女達は孝太郎の心の奥底で起こっている変化に気付いている。だが気付いていて、何も言わずに見守っている。孝太郎がきちんと結論を出すまで待つつもりでいるのだ。彼女達は孝太郎に対して、そうせざるを得ない程の無茶を望んでいると、ちゃんと分かっているのだった。

それからしばらくの間、孝太郎と少女達は攻撃作戦について話し合った。その最終的な結論は、囮作戦だった。孝太郎が正面から近付いて敵の気を惹き、その間に他の方向から攻撃を仕掛けようというものだった。

「……………私はこの裏手にある、搬入用のトンネルから仕掛けます」

ネフィルフォランは孝太郎の反対側、裏手にある搬入搬出用のトンネルから攻撃を仕掛けるつもりでいた。排熱ダクトは狭く、多くの兵力を突入させるには不向きなのだ。大きな部隊を効果的に使うには、大きめの突入口が必要だった。そしてこの事には、もう一つ大きな狙いがあった。

「という事は、本命はわらわ達という事か」

戦いに関する事には鼻が利くティアなので、すぐにネフィルフォランのもう一つの狙いに気が付いた。それはネフィルフォランも囮だという事だった。正面の孝太郎と、裏側のネフィルフォランの部隊、双方が囮。そして別の場所からティア達が静かに忍び込む。上手くいけばしばらくは見付からずに済むから、拠点の占拠の成功率は大きく上がるに違いなかった。そしてネフィルフォラン隊に敵を引き付ける事が出来れば、仮にダクトに罠があっても効果が弱まるだろう。

「しかしそれではネフィルフォラン殿下と部隊の負担が大き過ぎませんか?」

孝太郎の懸念はネフィルフォランとその部隊が危険過ぎる事だった。キリハが排熱ダクトを使う事を推したのは、搬入搬出用のトンネルはかなりの防衛体制が敷かれているからだった。どうしても必要になる外部との接点なので、当然警戒は最大級となる。

搬入搬出用のトンネルは戦闘艦が通れるようなサイズではなく、小さなトラックが物資を運び入れる為のものだ。その入り口には検問所のようなものがあり、トンネル内には多数の兵器の反応もあった。非常に防御が固い場所だと言える。いざという時の脱出口でもあるから、正面のゲートと同等の防御体制が必要になるのだ。囮とはいえ、ここからの攻撃は非常に危険だった。

「御安心下さい、ベルトリオン卿。我々はその為の部隊なのです」

だが孝太郎の心配とは裏腹に、ネフィルフォランは問題はないと言わんばかりに、力強い言葉と表情で請け負った。その言葉と表情は実際に多くの危険な任務をこなしてきた実績に裏打ちされている。敵の力の全容は測れていないが、彼女は油断していない。全力を尽くして戦う事がネフィルフォランとその部隊の任務であって、彼女達が勝つ事が任務ではないのだ。ネフィルフォラン達を含めた、孝太郎達全体が勝つ為の捨て石になる覚悟が彼女達にはあるのだった。

攻撃作戦　六月十八日(土)

　そこは夜の闇に包まれていた。問題の湖のほとり、多くの木々に囲まれた森の中。孝太郎はそこで、味方の攻撃準備が整うのを待っていた。ヴァンダリオン派の残党の拠点を攻撃するにあたり、孝太郎は拠点の正面から攻撃を仕掛ける事になった。だがもちろん一人で攻撃するなどという事は無い。その攻撃には同行する者達が居た。

「悪いな、サンレンジャー。貧乏籤を引かせる形になっちまって」

　青い鎧で身を固めた孝太郎は、五色のスーツで身を固めたサンレンジャーに詫びた。夜の闇の中でも、その五色のスーツは鮮やかだった。孝太郎に同行するのはサンレンジャーの五人、そしてティアの配下である使節団付きの皇国軍だ。皇国軍はともかく、サンレンジャー達には基本的にこの件に積極的にかかわる理由がない。単純にフォルトーゼ側のゴタゴタだからだ。だから孝太郎達が要請して、同行して貰う事になったのだった。

「いえ、これは政治的な判断というものでしょう」

レッドシャイン――ケンイチがマスクの向こう側で笑った。サンレンジャーが参戦するのは、孝太郎達に言い訳を与える為だった。この戦いは名目上、日本政府の直轄組織であるサンレンジャーが発見した霊子力技術を使う謎の敵の拠点を攻撃するに際し、優れた技術を持つ神聖フォルトーゼ銀河皇国に協力を求めたという構図になっている。日本の憲法や法律の兼ね合いで、フォルトーゼ皇国軍が日本国内で武力行使が可能になる条件は非常に厳しい。だからこういう形でサンレンジャーが協力する必要があったのだ。

「それに今後逆の構図も出て来るでしょうから、お互い様ではありませんか?」

ブルーシャイン――ハヤトが補足する。本当にサンレンジャーの敵が現れた時に、フォルトーゼの力を借りる、それは十分に考えられる事だった。フォルトーゼの技術を盗もうとしている者達がかなりの規模であった場合や、大きな規模のテロ組織を発見した場合等に、それが必要になるだろう。

「そうだな、ラルグウィンはともかく、長い戦いになるだろう」

そうした技術を盗もうとする者は、フォルトーゼと日本が交流を始めた初期にはどうしても多発すると予想される。そしてその中には大きな規模の組織もあるだろう。両者の交流が進んで段階的な技術の開放が進むまで、長い戦いを覚悟する必要があった。

「だから男爵さんにはフォルトーゼとの関係をより良く維持して頂けると助かります」

そんな状況であるから、この時のグリーンシャイン――コタローの言葉は、本気半分冗談半分といったところだった。フォルトーゼが地球と関係を持とうとしたのは、地球から魔法や霊子力技術が流出するのを恐れたからではあるが、孝太郎の故郷だからという理由も大きかった。つまりフォルトーゼが協力してくれるかどうかは、孝太郎と皇家の関係にかかっていると言っても過言ではないのだった。

「あまりプレッシャーをかけないでくれよ」

孝太郎は苦笑いする。孝太郎とフォルトーゼ皇家は、仲良くしようと思って仲良くなった訳ではない。目の前の問題を必死で解決していくうちに、自然とそうなった。関係を維持する為に必要な事など、孝太郎には分からなかった。

「男爵さんなら大丈夫だよ。それにあの子達だって。素直な心を忘れなければ、きっとずっと仲良くしていけるよ」

「私とダイサクさんみたいに?」

「うん。特別な事をしようとしなくていいんだよ」

「そうね。ふふふ……」

イエローシャインとピンクシャイン――ダイサクとメグミは、少し前から正式に交際を始めた。他の三人は最初、ダイサクは物好きだと思っていたのだが、次第に三人はそれが間違いである事に気付き始めた。二人の交際が始まっても、ダイサクの方にはあまり変化はなかったのだが、メグミには大きな変化があった。かつての攻撃的な言動や不安定さは鳴りを潜め、優しさや落ち着きが表に出始めたのだ。

「でも、少しだけダイエットしてくれると嬉しいかな。ダイサクさんには長生きしてほしいもの」

「そういう風に考えた事は無かったな。よし、やってみようか」

「ありがとう、ダイサクさん」

「…………いいなぁ、あれ…………」

「ケッ、やってられっかよ」

「まあまあ兄ちゃん達落ち着いて。僕らも良い人探そうよ」

ダイサクは他の三人とは違って、メグミの内側にそれが潜んでいる事を最初から分かっていたのだ。だがダイサクはそれを引き出そうとした訳ではない。内側にそれがあれば良いだろうと思っていただけだ。だから孝太郎も同じようにしていれば大丈夫だろうと思っていた。

「発言をして宜しいでしょうか、ベルトリオン卿」

孝太郎達の会話が一瞬途切れたのを見計らって、孝太郎の支援兵力として付けられた皇国軍部隊の隊長が発言を求めた。彼はこの戦いでは孝太郎を補佐し、副長を務める事になっていた。

「なんだい、オライエン」

彼は幾らか年上だが、フォルトーゼでの内乱の頃から副長として色々と補佐して貰ってきた相手なので、孝太郎とも面識があるし話し易い相手と言えた。そんな訳で孝太郎は気楽に応じていた。

「我々フォルトーゼ国民は、閣下に特別な事は望んでおりません」

「そこが難しいんだよ、普通って何だろうってさ。アイスクリームを食べに行ったらあれだけの大騒ぎになった訳だろう？」

孝太郎がヴァンダリオンを倒して無事に帰還し、フォルトーゼが内乱からの復興に動き始めた頃。内密でアイスクリームを食べに出掛けた事が国民に知られる事になり、そのアイスクリーム店が青騎士御用達店として大変な人気店となった。他にもタクシーなど、幾つか似たような問題が起こっていた。

「我々国民は、その大騒ぎをしたいのです」

「でもライバル会社とかは大変な目に遭ったろう？」

「そのライバル会社の社長も食べに来ていたそうですよ」

「おい………」

そうした事から、孝太郎は自分の影響力の大きさに気付き、フォルトーゼに悪影響を与える前に去る決断をした。それが尚の事影響力を高める結果となるのだが、その時の孝太郎は全く気付いていなかった。

「俺はやっぱり、英雄には向いてないんだよ。英雄面して居座る勇気がない」

「では皇帝にでもなられては？」

「そういう冗談はよせって」

「………別に冗談でもないんですけれどね」

「ん？　なんか言ったか？」

「閣下が今後どうなさるにせよ、さしあたって今日の作戦を成功させなくてはいけませんね、と申しました」

「そうだな、失敗すると大問題だ。しっかりやろう」

「はい」

ティアとクランは国民達に孝太郎を婿にして連れ帰ると宣言してきた。仮にそれが成功したとして、その先で持ち上がるのは次の皇帝を誰にするのかという問題だ。その際、孝太郎の配偶者が選ばれる可能性が高いのはもちろん、孝太郎を皇帝にという声が上がるのも確実視されている。何故なら孝太郎にはその正当な権利があるからだ。孝太郎本人はティアに丸投げして帰ってしまったので既に意識の外なのだが、フォルトーゼは孝太郎に対して莫大な負債を抱えている。その伝家の宝刀を、フォルトーゼの国民と皇家――特にエルファリア――は、わざわざ放棄するつもりはないのだった。

「責任重大ですね、里見君」

これまで邪魔にならないようにずっと黙っていた晴海が、孝太郎に笑いかける。すると自然と周囲の人間の目が彼女に集中した。

「だからこそ、今日は宜しくお願いします、桜庭先輩」

「はい。みんなで一緒に頑張りましょう」

実は孝太郎とは別にもう一人、フォルトーゼ国民の注目を一身に浴びている地球人がいる。それは今、孝太郎や他の者達に笑いかけている晴海だった。実在したシグナルティンと、その力を操る銀色の髪の少女。それはフォルトーゼの人間に、ある特別な人物を思い起こさせる。今もそうで、フォルトーゼの兵士達が晴海を見つめる視線は、ただの少女を見つめるそれではなかった。

ラルグウィン達は慎重に拠点を作ったので、その出入り口は湖の南側にある。太陽の光は南側から来るので、自然と水中にある入り口が日陰になるのだ。だから孝太郎はその近くに居る。そこから南東方向へ進んだ位置に、六畳間の少女達の姿があった。その人数は四人。ティアとルース、真希とキリハだった。

「あれが問題の排熱ダクトじゃな」

「殿下、これ以上進むとセンサーに引っ掛かります」

「霊子力センサーの反応もある。やはり弱点である自覚はあるようだな」

「私の魔法と埴輪さん達の遮蔽装置を使って、センサーを潰しに行きましょうか？」

『またおいら達の出番だホー！』

『騎士になってから、活躍の場が増えてきた気がするホー！』

この人選の理由は、あらゆる状況に対応出来るように腕力・科学・魔法・霊子力技術の四点セットを作ったからだ。ちなみに別の場所に居る静香とクラン、早苗、ゆりかも同じ機能の四点セットになっていた。

「センサー類は全て無効にして、監視カメラやマイクは生かしておく方が良いだろう」

『分かったホー！　炎騎士カラマにお任せあれ！』

『猫騎士コラマ出陣だホー！』

「ハッキング用に超小型の無人機を出します」

　ティア達は基地の東側にある排熱ダクトの一つに近付いていた。彼女達はそこから侵入して奇襲をかけようとしている。もちろん奇襲という作戦の性質上、気付かれない事が絶対条件となる。だから監視機器を騙して、排熱ダクトに入り込む必要があった。

「では行ってきます」

『真希ちゃん、炎騎士カラマがお守りするホ！』

『猫騎士コラマも忘れないで欲しいホ！』

「期待しています。ふふ」

　真希は二体の埴輪と小さなウサギ型の無人機を連れて排熱ダクトへ近付いていく。魔法と霊子力技術に守られた真希は、センサーに捉えられる心配はない。監視用のカメラとマイクを避けるようにして、慎重に移動していった。そんな真希の姿を見ていたティアは、ぽつりと零した。

「なんじゃろうな、このやたらとメルヘンな感じは……」

　杖を手にした魔法使いの少女が、二体の埴輪と機械仕掛けのウサギを連れて、森の中を

歩いている。どこからどう見ても絵本の中の世界だった。

「確かに、全てが真希の使い魔か何かのように見える。面白い」

キリハもティアと同じ意見だった。索敵重視のウサギ型の無人機が先行し、左右に埴輪を引き連れた真希がそれを追う形になっているので、メンバーだけでなく並び順までそれらしい雰囲気を醸し出していた。

「も、申し訳ありません……つい……」

ルースが軽く頬を赤らめて詫びる。ウサギ型の無人機はルースの持ち物だ。そのデザインを選んだのもルースなので、真希がやたらとメルヘンに見えるのは彼女のせいと言えなくもなかった。

「別に非難しておる訳ではない。どんなものにもロマンは必要じゃ。わらわは嫌いではないぞ」

そもそも青騎士の鎧にこだわるティアなので、魔法少女が魔法少女らしくても別に文句はない。孝太郎の騎士団が文系の騎士団になってしまうほどなら問題だが、幸い真希に関してはその心配はなかった。

「こう見えて我もロマンには理解がある。でなければ十年以上も想い続けていられないのだからな」

キリハはそういいながら懐から取り出した小さなカードをルースに見せた。古ぼけた特撮ヒーローのトレーディングカード。そこに込められた想い出を十年以上大切にしてきたキリハなので、ルースの趣味にとやかく言うほど度量は狭くなかった。だが一つだけキリハには知りたい事があったので、ルースに近付くとその耳に小声で囁きかけた。

「……孝太郎には見て貰えたのか？」

「!?」

その瞬間、ルースの顔がこれまで以上に赤く染まった。そしてキリハの視線から逃れようとするかのように慌てて顔を伏せる。そう、キリハの囁きは真実だったのだ。

「……そ、それがまだ……そういう機会がなくて……それにおやかたさまと戦いに出るなら、もっと力強い形のものにしたいですし……」

「そうか、早くそういう機会があると良いな」

キリハが見たところ、ルースはキリハに次ぐ合理主義者で、しかもキリハよりずっと真面目だった。その彼女がウサギ型の無人機を戦場に持ち込む事に、キリハは軽い引っ掛かりを覚えた。それで確認してみた訳なのだが、どうやら正解であったようだ。だがルースもまた青騎士にはこだわりがあり、孝太郎と一緒に戦う時にはこの無人機は使い辛い。彼女は戦い以外の局面でこの無人機を使う状況を待っているのだった。

「二人とも、真希が呼んでおる。どうやら監視装置の無効化に成功したらしい。我らも参ろうぞ！」

「うむ」

「は、はいっ！」

とはいえ今は戦いが始まろうとしている。女の子としての願望はしばらく胸の奥にしまい込んで、騎士団員としての役目を果たす時だった。


孝太郎達の位置から南東方向にいるのがティア達だ。その反対側、南西方向にいるのは静香達だった。その顔触れは静香とクラン、早苗とゆりかの四人。彼女達もまた、排熱用ダクトからの侵入を考えている。当然、抱えている問題もティア達と同じだ。監視装置を無効化し、排熱用ダクトへの侵入路を確保する事だった。

「………よし、これで済みましたわ。監視カメラとマイクに引っ掛からないように前進しましょう」

クランはメガネに表示させていた映像を消すと、他の三人にそう告げた。監視装置の無効化はクランの役目だった。クランもルース同様に無人機を使う訳なのだが、クラン自身の技術を有効活用出来るように、作業用の腕が付いている遠隔操作タイプとなっている。その無人機にゆりかが幾つか魔法をかけて見付かり難くした上で、排熱ダクトに接近させて監視機器の無効化を行った。その手際は見事なもので、彼女はセンサーのデータを伝えるケーブルにバイパス回路を接続、偽のデータを流し始めた。その作業には迷いはなく、終了までにかかった時間は僅か数分。後ろで見ていた三人が思わず拍手してしまうほどの見事な手並みだった。だが一つだけ、早苗には気になる事があった。

「ねぇねぇ、メガネっ子、なんでカメラとマイクはほっとくの？」

それはこれだけの技術を持つクランが、監視用のカメラとマイクだけは無効化せずにいる事だった。早苗には、カメラとマイクの無効化ぐらい、クランには簡単そうに思えたのだ。

「カメラとマイクだけは、人間が自分の感覚で確認するからですわ。他のセンサーは信号を検出したかどうかを伝えるものなのですけれど」

例えば電波のセンサーの場合、近くに電波が飛んでいるのを検出して、検出したという事実を利用者に伝える。検出した電波の生のデータを送る訳ではないのだ。これに対してカメラとマイクはほぼ生のデータを送り、判断はそれを受け取ったモノが行う。ＡＩで解析をする場合もあるだろうが、多くの場合は人間が自分の目や耳で判断する訳だ。だから安易に無効化は出来ない。映像や音声が途切れればすぐにわかるし、偽の映像や音声に切り替えるのは酷く手間がかかる。他のセンサーのように、検出していませんという事実だけで良い訳ではないのだった。

「え？　どゆこと？」

「早苗ちゃん、センサーは○か×かを人間に伝えるんだけど、カメラは風景を、マイクは音をそのまま伝えるものでしょう？　人間が判断する事が多くなるから、安易に止めちゃまずいのよ。………ですよね、クランさん？」

「……まあ、そういう事ですわね」

「分かった分かった、そういうことかー。最初からそう言ってよ、メガネっ子」

「これでも分かり易く言ったつもりでしたんですけれど………ともかく助かりましたわ、シズカ」

「クランさんとゆりかちゃんしか働いてなかったし、これぐらいなんでもないですよ」

「ちなみにゆりか、あんたは何でカメラとマイクを止めないか分かってた？」

「全然ですぅ。今、ああ、そうなんだぁって思いましたぁ」

「同志よ！　心の友よ！」

各種センサーの無効化が済んだ事で、静香達は排熱ダクトに近付く事が出来るようになった。だがもちろんカメラに映らない場所を通り、マイクに音を拾われないように静かに歩いていく必要があった。

「ねえ、このあとどーすんの？」

「排熱ダクトをこじ開けて通れるようにしますの」

「静香さんの腕力でですかぁ？」

「そうなりますわね」

「ようやく私の出番ね。頑張るわ」

しかし一行が気にしているのはカメラに映らないように回り込む事だけで、マイクに関しては全く気にしている様子はなかった。これはゆりかが魔法で音を打ち消しているからだ。よっぽど大きい音を出さない限り、マイクには彼女達の移動の音や喋り声は届かない筈だった。

「ちょっと暑いですぅ」

「排熱ダクトに近付いたからですわ」

「メガネっ子、外でもこんなに暑いんじゃ、中に入るの無理なんじゃない？」

「安心して下さいまし。そこはわたくし達の技術の出番ですわ。以前ティアミリスさん達が空間歪曲技術のバリアーだけで大気圏に降下していたでしょう?」

「あー、戦争の時かー。あれが大丈夫だったらこれも大丈夫か」

内乱の際、ティアと孝太郎、ゆりかの三人は生身で惑星アライアに降下して生き延びている。あの時は千度以上の高温に晒された為、個人用のバリアーとゆりかの冷却の魔法で生き延びた訳だが、今回はその温度よりもずっと低い。排熱ダクトが目立たないように設計されているおかげで、バリアーだけで普通に通り抜けられる筈だった。

「………嫌な事を思い出しましたぁ」

「あんた助けに行って一緒に焼け死にそうになってたもんね」

「クランさんっ、今度は大丈夫ですよねっ⁉」

「大丈夫ですわ!　落ち着いて、マイクに聞こえてしまいますわ!」

「うぅぅ………」

問題があるとすればゆりかのトラウマぐらいだろう。ゆりかは半泣きで排熱ダクトを見つめている。

――――念の為に冷却の魔法を使おう、そうしよう!

クランを信じていない訳ではない。だがゆりかは経験上、どんな不運な事も起こると知っている。そして孝太郎が不在の今、ゆりかは石橋は叩きまくってから渡るべきだと考えていた。そんな不安いっぱいのゆりかとは反対に、全く動じていないのが静香だった。

「おじさま、今全然暑くないのはおじさまの仕業?」

静香はそう言いながら自分の肩に目を向けた。そこにはぬいぐるみのような姿のアルゥナイアが座っている。静香は今、他の少女達が感じている暑さを少しも感じていない。そして静香は、その原因がアルゥナイアにあるのではないかと考えていた。

『うむ。儂は溶岩に落ちても平気だから、このぐらいではビクともせんぞ』

アルゥナイアは牙を剥き出しにして、自信ありげに大きく頷いた。火竜帝の称号が示す通り、アルゥナイアの耐火・耐熱能力は極めて高い。口から吐き出すプラズマ化するほど高温の炎に耐えなければならないので、そうした能力の高さは当然だと言えるだろう。

「確かに、火竜の帝王が焼け死んだら、沽券にかかわるわよね?」

アルゥナイアの言葉にユーモアが刺激された静香は、彼に笑いかける。そんなアルゥナイアも同じく笑った。

『全くだ。何らかの事情で儂が焼け死んだ時には、死因を秘密にして欲しい』

アルゥナイアの笑顔は、絶対の自信で裏打ちされている。どんな火炎でも自らを焼き殺す事など出来ないと確信しているのだ。もっとも今の姿が可愛らしいせいで、静香にはイマイチその自信が伝わっていなかったのだが。

「その時は私も一緒に死んでるんだけど……」

ともかく、アルゥナイアの影響で静香も耐火・耐熱能力が極めて高くなっている。その力を買われて、最初に排熱ダクト内に入っていくのは彼女の役目だった。

排熱ダクトはその端にある排熱口から熱を放出する訳だが、中に異物が入り込まないように排熱口には鉄格子が嵌め込まれている。そして静香がその腕力で鉄格子を破壊して中に侵入する訳だ。だがそれを始める前にやっておくべき事がある。それは孝太郎から拠点を挟んだ反対側、拠点の最南端に位置している搬入搬出用のトンネルの周辺に、攻撃部隊を配置する事だった。

「繰り返しになるが、総員慎重に進め。我々がここで見付かってしまったら、攻撃そのものが危うくなるのだからな」

ネフィルフォランとその指揮下にある兵士達は、夜闇と森の木々に紛れてトンネルに向かっていた。兵士達は全てが歩兵で、三個中隊四百八十名。それがキリハとネフィルフォランが算出した、攻撃に必要な兵力だった。厳密にはベストの兵力とは言えないが、これ以上増やすと科学・霊力・魔法を全て駆使しても、敵に接近を悟られてしまう可能性が高かった。実際、現時点でもギリギリなので、彼女達は他の場所の配置が済んでから動き出していた。

「皇女殿下、そろそろEラインを越えます」

そしてこの隊には一人だけ、特別な人員が配置されている。それはネフィルフォランの地球での案内役を務めているナナだった。彼女は今、ネフィルフォランの副官を務めていた。

「皇女殿下は勘弁して下さい、ナナさん。作戦中です」

「ふふ、申し訳ありません。………連隊長、Eラインを越えました」

ネフィルフォランの副官になったナナだが、年齢と経験はナナの方が上だった。そうした利点を生かして、生真面目なネフィルフォランのバックアップをしている。ネフィルフォランは生真面目でやや余裕がなく、ナナにとってはゆりかとはまた別の意味で心配な相手だった。

「そうですか。これで攻撃は決行で決まりですね」

攻撃は理想的に進めばネフィルフォラン隊が配置に就いてから決行されるが、移動中に見付かってしまったら、そのまま突撃と撤退の二パターンが想定されていた。そしてそのどちらになるのかが決まるのが、ネフィルフォラン隊が地図上に引かれている線を越えるかどうかだった。この線は、もしネフィルフォラン隊が敵に見付からずにこの線を越えられた場合には、仮に攻撃開始前に敵に見付かっても成功が見込める、そういう意味の線だった。もちろん作戦成功の確率が最も高くなると思われるのは正しく配置に就いた場合なので、ここからは敵に見付かっても良いという訳ではない。自分達の命がかかっているので、ネフィルフォラン隊は慎重に歩を進めていた。

「嬉しそうですね、連隊長」

攻撃の決行が決まった時、ネフィルフォランはほんの少しだけ表情に変化があった。それは他人では分からない、本当に些細(ささい)な変化だ。その事にナナが気付いたのは、やはり彼女が天才だからだろう。

「うっ、そ、そんな事は………」

「隠(かく)さなくても良いじゃありませんか。やっぱりフォルトーゼの皆(みな)さんにとっては、里見さんは特別ですよね」

「ええと………は、はい………やはりその………良い所をお見せしたいというか、足を引っ張りたくないというか、ずっと未来の歴史書に、ちょっとだけでも自分が出てきたらなあとか……色々と思うところがありまして………」

ヴァンダリオンの内乱では参戦出来なかったグレンダード家の失点を取り戻したい、確かにそれは大きい。だがネフィルフォラン個人の場合は青騎士――孝太郎に良い所を見せたいという気持ちが強かった。またずっと未来の歴史書、そこに添えられている青騎士の資料写真の端に、自分の姿も写っていればいいなぁとも思うのだ。

「なるほど、ネフィルフォランさんにとっては憧れの親戚のお兄さんみたいなものなんですね、里見さんは………」

ずっと一緒に歩む訳ではない。けれど会った時ぐらいは良い所を見せたい。騎士道の手本という事は、生き方の手本という事でもある。結果的にネフィルフォランにとっての孝太郎は、親戚のお兄さんや学校の恩師、そういった存在に相当する訳だった。

「………お恥ずかしい限りです」

「いえ、気持ちは分かります。私も少なからずそういうところがありますから」

ナナにとっても孝太郎との出会いには大きな意味があった。十年以上前、何者かが死霊系の魔法を使ったのを感知したナナはその現場を見に行った。ナナの経験上、死霊系の魔法は悪用されるものだったからだ。だが現場で見たものはその正反対だった。そこでは孝太郎が死霊系の魔法を使って、幼い頃のキリハを死んだ母親に会わせてやっていた。その日以来、ナナは少しだけ考えを改めた。死霊系魔法を良い事に使えるのなら、魔法の私的利用にも例外はあるのかもしれない、と。

「ええと……そろそろ御勘弁を。任務の途中でもありますので」

「そうでしたね。御免なさい、連隊長」

「隊の士気にもかかわりますので、ここからは出来るだけ……」

「はい。お話は戦いが終わってからにしましょう」

ネフィルフォランとナナはともかく、二人ののんびりとした会話を小耳に挟んだ味方の兵達の緊張感が途切れてしまうのは問題だった。ナナも歴戦の戦士なので、そういう部分には理解があるので文句はない。そんな訳で二人は戦士の顔に戻り、多くの仲間達と共にトンネルに近付いていった。

「やはりこの場所は警戒が厳しいですね」

誰よりも早く敵の気配に気付いたのはナナだった。魔法少女時代の彼女が敵無しだったのは、感覚的にも優れていたからでもある。ナナは味方に静止するように手で合図を出すと、手近な木に近寄り、そっと進行方向を覗いた。するとそこには二名のフォルトーゼ皇国軍の兵士の姿があった。彼らは皇国軍の制服を着ているが、もちろん味方ではない。ヴァンダリオン派残党の拠点から出てきた巡回の兵士達だった。

「俺達って、これからどうなるんだろうな？」

「さあなあ。ただラルグウィン様が優秀だから、どうなるにせよ半端な事では終わらんだろうな」

「ヴァンダリオン様の敗戦の報が届いた時に、逃げておくべきだったかもな」

「そういうのが何人も狩られたの知らないのか？　ラルグウィン様は優秀だぞ」

「はぁ………俺達って、これからどうなるんだろうな？」

「ああ………」

巡回の兵士達は周囲をライトで照らしながら歩いていく。幸いナナが先に気付いたおかげで、ネフィルフォラン隊に気付いた様子はなかった。二人はそのまま巡回ルートに沿って進んでいった。

「ふぅ………もう大丈夫です。次の巡回は十五分後なので、少し余裕が出来ましたね」

巡回の兵士達が去って行くのを見届けると、ナナは木から離れてネフィルフォランの所へ戻ってくる。同時にネフィルフォランも味方の兵士達に手で合図を出し、移動を再開させた。

「正直、発見される覚悟をしていました。しかし見付からずに済みました。道理でラルグウィンが魔法を欲しがる訳です」

巡回は去ったが、ネフィルフォランの表情は厳しかった。巡回の兵士達は人数こそ少ないが、フォルトーゼの技術と霊子力技術を使って、周囲を警戒していた。しかもネフィルフォラン隊は人数が五百人近いので、その事自体が発見され易い理由となっている。だがフォルトーゼの技術、霊子力技術、そして事前にかけて貰った魔法という三つの防御策が巡回の兵士達の目を欺いた。その差を生んでいたのはやはり魔法で、温度センサーや金属センサー、音響センサー等の、人数が増えれば見付け易い反応を綺麗に覆い隠してくれていた。そしてその事が同時に、ラルグウィン達に魔法が流出したらどうなるのかを明確に示していた。

「魔法は他の技術と組み合わせると恐ろしい結果になります。温度センサーを誤魔化した魔法は、ほんの数度体温の放射を抑えただけで、魔法としては些細なものです。ですが今皆さんが使っているカモフラージュ用のスーツとの相性が良いので、上手くいってくれた感じですね」

　このナナの指摘の通り、魔法はフォルトーゼの科学や霊子力技術との相性が良かった。フォルトーゼには隠密作戦に使うカモフラージュ用のスーツがある。これには周辺の風景に同化する効果があった。弱点は着用者が僅かに出してしまう音や、完全には抑え込めない体温などだろう。しかしそれが僅かであれば魔法で覆い隠すのは簡単だ。その結果、五百人近い大兵力が発見されずに済んだ訳だった。

「確かに、恐ろしい事です。この作戦は失敗出来ません。奴らの手が魔法に届く前に、ここで決着を付けなければ」

ネフィルフォランはナナの言葉に同意すると、より厳しい表情を作った。霊子力技術に加え、魔法まで手にしたラルグウィンの一派がフォルトーゼ本国で何をするのか。特に魔法は大量生産に向かないから、攻撃側が有利になる。それを想像すると、ネフィルフォランは背筋が凍る思いだった。ラルグウィンの一派は、グレンダードがどうとか、孝太郎に良い所を見せたいとかいう事情とは全く関係なしに、明らかに倒さねばならない敵だ。だからこの時のネフィルフォランの表情には、もはや年齢に相応しい少女としての印象は微塵もなかった。

ネフィルフォラン達は部隊を三つに分けて配置する。まずは言わずと知れた突入部隊。ここには攻撃力が高い精鋭が配置される。当然ネフィルフォランとナナはここに配置されていた。次はトンネルの入り口を守る部隊。外から回り込んできた敵兵に背後を突かれるのは危険だからだ。ここには体格に優れた者達が配置されていて、戦闘用スーツや設置型の大型火器を使って突入部隊を守る。最後は遊撃部隊で、彼らは臨機応変に状況に対応する。主に想定されている役目は突入部隊の援軍だが、ラルグウィン達が戦闘艦や大型の機動兵器を投入してきた時に備えて、対空兵器や対大型目標兵器も備えている。立ち回りが一番難しいので、曲者揃いの部隊となっていた。

『里見さん、私達ネフィルフォラン隊は所定の位置に就きました。兵器類の設置も完了しています』

そんな部隊の状況を通信機でナナが伝えてきた。それを聞いた孝太郎は少し驚いた。

「予定より早いですね」

『ネフィルフォランさんの隊がとても優秀なようです。体力はもちろん、皆さんまるで知ってる道みたいにスイスイ進んでいらっしゃいましたし』

キリハが計算した作戦進行の予測では、ナナからの連絡は本来この十数分後である筈だった。ネフィルフォラン隊の進軍の速さがキリハの予想を大きく上回っていたのだ。敵の目を欺く為に全軍が歩兵、そして大型の火器を運んでいる事からすると、その練度の高さは通常の皇国軍兵士とは別次元にあるようだった。

「何だか分かる気がします」

『実際にネフィルフォランさんと戦いましたもんね？』

「ええ。ともかく報告ありがとうございます」

『それじゃ、また後で』

ナナとの話を終えた孝太郎は、通信先を彼女から全部隊に切り替えた。ここからは全ての兵士が話し相手だった。

「こちら青騎士隊、ベルトリオンだ。今から二分後、二二三〇をもって攻撃を開始する。各隊戦闘準備、攻撃開始の合図を待て」

孝太郎は通信をする時に、青騎士ベルトリオンを名乗った。これは全員が聞いているからの措置だった。フォルトーゼの兵士が九割を超えているので、孝太郎が青騎士を名乗るかどうかで士気が違ってくる。実際、孝太郎のすぐ傍にいる兵士達にもその影響はあり、敵を警戒して無言ながらもその表情には強い高揚感が滲んでいた。

「……………こんなところかな」

孝太郎は通信を終えると、小さく一息ついた。すると副官を務める皇国軍兵士がそんな孝太郎に笑いかけた。

「やはり慣れませんか、指揮官は」

士気にかかわるので、彼の声は他の兵士に届かない程度の声量に工夫されていた。副官を務めるこの皇国軍兵士は、内乱の途中からの付き合いになる。既に多くの言葉を交わした相手であったから、孝太郎がどのような人間であるのかはよく知っている。そんな彼だからこその労いの言葉だった。

「オライエン、俺の言葉一つで、少なからず人が死ぬんだ。だから……慣れないというよりは、慣れたくはないというのが本音かな」

事情は孝太郎の方も一緒だ。これは相手がこの兵士であるからこそ出てきた言葉だ。むしろ晴海や六畳間の少女達が相手なら心配するだろうから言わなかっただろうし、他の兵士達なら当然そうだった。

「賛否両論あるかもしれませんが、私はそういう閣下の指揮下で戦える事を光栄だと思っております」

副官の兵士は知っている。孝太郎の鎧のコンピューターには、孝太郎の指揮で戦った時の戦死者のデータがリスト化されて記録されている。これは敵味方関係なしにだ。そして孝太郎は時折、そのリストを眺めている。それがどんな意味を持つのかは想像するしかなかったが、自分が戦死した時にもそうして貰えるのだろうと考えると、副官の兵士は不思議と死への恐怖が和らぐ。だから彼自身としては、そういう人が伝説の青騎士で良かったというのは紛れもない本音だった。

「そう言ってくれる人間が一人でも居てくれて助かっているよ……おっと、この話はここまでだ」

「はい」

そんな時、晴海が近付いてくるのが見えた。あまり晴海の前ではしたくない話なので、孝太郎はここで話を終えた。

「里見君、副官さん、お待たせしました」

晴海は肩から下げている鞄を孝太郎達に見せながらそう言った。鞄には二つのマークが書かれている。それは赤い十字と、緑の木のマークだ。それらは地球とフォルトーゼ、双方における救急隊員のマークだった。実は最初は赤い十字だけだったのだが、副官にマークの意味を訊ねられ、フォルトーゼ人には分からないと気付いた。そこで慌てて救急隊員用のワッペンを貰いに行っていたのだ。同じものは晴海の腕に巻かれた腕章の方にも取り付けられている。つまり今日の晴海の役目には、救急隊員も含まれているのだった。

「今日はお願いします、桜庭先輩」

「頑張ります！」

晴海はそう言って意気込む。晴海は通常孝太郎の支援にあたるが、常にそれが必要である訳ではない。晴海は魔法が使えるので、手隙の際には怪我人の治療にあたるのが効果的だ。それなら救急セットも持っていた方が、傷に合わせて治療方法を組み合わせ、魔力の節約にもなるだろう。ちょっとした切り傷ぐらいなら、消毒と包帯で良いのだ。それに常に後方に控えている事も都合が良かった。

「閣下、ハルミさん、そろそろお時間です」

「分かった、カウントダウンを頼む」

シャキ
孝太郎はここでシグナルティンを抜いた。攻撃は孝太郎が最初に行う。水中のゲートを破壊して拠点に突入する事になっているのだ。そして孝太郎は近くにあった大きめの機動兵器に足をかけ、左腕でしっかりと身体を固定した。フォルトーゼの機動兵器は通常、戦車とヘリコプターを足したような機能を持つが、今回の機動兵器は更に潜水艇の機能まで備えている。その分全体の性能は下がり気味だが、水中用の武器で突入口を作る為にこの機体が必要だった。

「里見君、気を付けて」

「桜庭先輩も」

晴海は孝太郎と一緒には行かない。突入直後は乱戦になるのが分かり切っているので、孝太郎がゲートの向こう側で安全を確保するまでしばらく待つ事になる。やはり魔法の詠唱に時間がかかる事は、乱戦時には大きな弱点となるのだ。そしてシグナルティンをコントロール出来る以上、晴海を失う事は大きな損失になる。最初はもどかしくとも待ちの時間だった。

「作戦開始十秒前」

副官の兵士がカウントダウンを開始する。するとこれまでじっとしていた機動兵器がジェネレーターの出力を上げ、僅かに空中に浮かび上がる。

「……五、四、三、二、一！　攻撃開始です！」

ヴァアアッ

ジェネレーターが咆哮を上げ、孝太郎が掴まっている機動兵器が一気に前進する。僅かな時間で正面のゲートを突破する必要があるので、その加速は極めて大きい。鎧で腕力が強化されていなければ、孝太郎は振り落とされていたかもしれなかった。そして機動兵器はあっという間に森を抜け、孝太郎を乗せたまま湖の中へ飛び込んでいく。これも乱暴な行為だが、幸い空間歪曲場のバリアーのおかげで孝太郎が水の抵抗で吹き飛ばされるような事は無かった。これが出来るのが水中用機動兵器の強みだといえるだろう。

「後続、遅れずに来てるか!?」

『問題ありません、青騎士閣下！　予定通り閣下の八時方向に付いております』

『サンダイバー、同じく四時方向を航行中！』

孝太郎と一緒に突撃したのはティアの配下の皇国軍と、サンレンジャー。皇国軍は孝太郎と同じ機動兵器、サンレンジャーは自前の潜水艇に乗っている。どちらも作戦会議で決まった通り、孝太郎の斜め後方から続いていた。

――早苗を連れて来なくて良かった……。

サンレンジャーの潜水艇にちらりと目を向けた孝太郎は小さく笑う。サンレンジャーが乗っている潜水艇はまだ未完成なのだが、戦闘用の潜水艇としての機能は殆ど完成していた。何が完成していないかというと、それは合体機能だ。フォルトーゼと大地の民がこっそり支援していても、やはり五機のマシンが合体するというのは難しいのだった。

『閣下、ソナーに反応！　敵の水中用兵器のようです！』

「やっぱりそう来るよな！　みんな、作戦通りだ！　後は頼む！」

『了解、攻撃を開始します！』

『サンダイバー魚雷発射口開放！　霊子力魚雷装填！』

「行くぞ！」

孝太郎はこのまま突撃して、拠点への入り口である金属製のゲートを破壊する。その孝太郎を守るのが、他の二艇の仕事だ。一見無茶な行動に見えるが、キリハはこれで問題がないと考えていた。敵は補給を絶たれて地球で孤立しているので、水中用のような局地戦用の兵器は少ない筈だ。実際迎撃に出てきた敵の機体は、どれも汎用機ばかりで水中での動きが鈍い。きちんとした水中用兵器は幾つもなかった。孝太郎の突撃で敵の危機感を煽りつつ、それでいて敵は反撃が難しく苛立ちが募る。キリハが立てた作戦は、そういうものだった。

ラルグウィン達が攻撃に気付いたのは、孝太郎達の機動兵器が宙に浮かび上がった時だった。機動兵器の飛行は空間歪曲技術によるものなので、どうしても戦闘に備えて出力を上げれば隠し切れなくなる。そうして感知した反応にカメラを向けた時、闇の中でも色鮮やかに浮かび上がる青い鎧が画面いっぱいに表示された。

「敵襲!! ゲート正面、あ、青騎士ですっ!!」

「ど、どうしてここが⁉」

「駄目だっ、もう駄目だぁっ!!」

そしてその青い鎧が何を意味するのかという事に気付いた時、司令室にいた兵士達は恐慌状態に陥った。フォルトーゼへ帰還した伝説の英雄・青騎士に拠点の位置を知られ、攻撃を受けている――これまでは自分達の拠点の位置を巧みに隠していたから何とかやってこられた。相手が青騎士であったとしても、拠点が見付からねばその力は振るえない。だが今、その心の拠り所が破られた。よく訓練を受けた兵士達であっても、恐慌状態に陥るのは無理もないだろう。彼らも青騎士とヴァンダリオンの最終決戦の映像は見ている。そして数十キロに及ぶ光の剣に両断されるヴァンダリオンと真竜弐式の姿は、兵士達の胸に強烈な印象を残していた。これはかなりの戦闘経験を持つファスタでさえそうだった。声こそ上げなかったものの、ファスタも負けを覚悟していた。

「斬られる！　青騎士に斬られるぞ！」

「ラルグウィン様、すぐに撤退を！」

「落ち着け、馬鹿者共！　青騎士が我々を斬る訳が無かろう！」

そんな司令室の中で、ただ一人冷静さを保っていたのがラルグウィンだった。ラルグウィンも拠点の位置を知られた事に驚きはしたが、青騎士――孝太郎が自分達を殺すつもりで攻めていない事を十分に理解していた。

「何でそんな事が分かるんですかっ⁉　今にもこの山ごと斬られて――」

「斬る訳がないだろう！　相手はあの青騎士なんだぞ⁉　叔父――ヴァンダリオン卿が斬られたのは、単に大き過ぎてそうするしか無かったからだ！　他に青騎士が敵を殺そうとした戦いがあったか!?」

「あっ……………」

「それに他にも連中が我々をすぐに殺せない理由がある！　奴らは我々を全て逮捕したいのだ！　一部でも逃がせば戦いは終わらないのだからな！」

ラルグウィンは孝太郎が一撃で終わらせるつもりはないと確信していた。その理由は青騎士という存在そのもの、そして現在の戦いのカタチ故だった。

伝説で語られるように、青騎士は自分から敵を殺したりはしない。結果死んだ事はあっても、青騎士が殺そうとして死んだ者はいないのだ。例外はヴァンダリオンぐらい。しかしそのヴァンダリオンでさえ、肥大化した弐式を破壊する為にあの攻撃が必要だっただけだ。決してヴァンダリオンを殺す為に必要だった訳ではない。

そしてもう一つ青騎士側が大きい攻撃が出来ない事情があった。大き過ぎる攻撃は全員を倒せたかどうかが曖昧になってしまう。仮にラルグウィン達が別の拠点に兵を分けていたりした場合には戦いが終わらなくなってしまうし、その拠点に繋がる手掛かりも消滅してしまう。テロ組織との戦いと同じで、枝葉が残りかねない安易な攻撃は出来ないのだ。どうしても、拠点を制圧し兵達を逮捕する必要があるのだった。

厳密に言えば他にも理由はある。地形を変えかねない対地攻撃は、他の国の主権を侵害する。それが銀河条約で禁じられているというだけでなく、友好を築こうという今の状況でフォルトーゼがそれをするとは思えない。青騎士にはフォルトーゼの法に縛られない特権があるが、青騎士自身が日本人である事からすると高確率で避ける筈だった。

「その状況で青騎士がわざわざ正面から来ている！　当然奴の狙いは陽動だ！　この司令室の有様を見れば分かるだろう⁉」

　青騎士の戦闘能力からすると、明らかに強襲部隊に入れるべきだ。なのにそれが正面から来ているという事は、青騎士のもう一つの力、影響力を行使して来ていると考えるべきだろう。その絶大な影響力で混乱させ、行動を封じに来ているのだ。実際司令室は大混乱なので、後者が正しいのはほぼ間違いない状況だった。

「青騎士達はお前達を混乱させた隙に、他の場所から本隊で襲撃しようというのだ！　その本隊の襲撃を押し返せれば勝機はある！　しっかりしろお前達、落ち着いていつも通りの仕事をしろ！」

　ラルグウィン達の勝利条件は、孝太郎達の攻撃を一時的で構わないので退ける事だ。基本的にこの拠点は放棄せざるを得ない。場所を知られた以上、この拠点に居続ければ物量攻撃でいずれ敗北する。だから逃げ出す必要があるのだが、その為には一度孝太郎達を退ける必要がある。半端な状態で逃げ出せば追跡を受けるからだった。

「しかし勝てますか⁉　青騎士を相手に⁉」

「その考え方が既に敵の術中に嵌っているのだ。もし十分な戦力で来ているなら、青騎士は陽動などしない。向こうもぎりぎりで戦っているのだ！」

敵は戦力がギリギリだから青騎士を使って陽動を仕掛けている――この考えは一見筋が通っているように見える。だがこれはラルグウィンの巧みな話術だった。ラルグウィンは実際には敵はこの場所で決着を付ける為に、つまり一人も逃さない完全な勝利の為に、青騎士を陽動に使ったと考えている。しかしそれを言っても司令室の混乱に拍車がかかるだけだ。まずは嘘でも何でも、司令室の混乱を収めるのが先決だった。

「それにこちらには霊子力兵器がある！　既にそれらの生産が進んでいる事を、まだ向こうは知らない。決して一方的に負ける状態にはない！」

そしてラルグウィンはこの賭けに勝った。司令室は彼の力強い言葉で落ち着きを取り戻していた。もちろんまだ幾らか動揺はある。それでも直前までのような混乱からは脱し、戦いが出来る状態にまで立て直す事が出来ていた。

「御見事です、ラルグウィン様」

たまたま司令室に居たファスタがラルグウィンを称賛する。もしラルグウィンが立て直せなければ、この戦いはすぐに決着が付いていただろう。

「この状況は想定していたからな。どう立て直すかは常々考えていた。………考えたくはなかったがな」

「正直、私も少なからず動揺していました」

「生きる伝説と戦おうというのだ。誰でも少なからず動揺はする。恥じる事は無い。問題はここからだ」

　ラルグウィンは部下達に言ったほどには楽観していなかった。ここからの対応を誤ると敵にあっという間に押し潰される。

「どう戦いましょう？」

「とりあえず、青騎士は最低限の兵を送って放置しろ。さっきも言ったが青騎士は陽動で、本隊は別の場所から来る。それに青騎士と遊んでやる余裕もないしな」

「以前から懸案となっていた排熱ダクト……それと大兵力なら裏手の搬出入口でしょうか？」

「そういう事だ。ファスタ、お前は裏手の搬出入口に」

「分かりました」

　狙撃手はなるべく広い場所で使いたい。その意味ではファスタは、排熱ダクトよりも搬出入口に配置されるべきだった。

「それと排熱ダクトの方は個々のダクトに兵を入れるな。向こうは少数で入ってくる。必ず広い場所で迎え撃て！」

ラルグウィンは部下達に早口で命令を与えていく。この拠点が攻撃を受けた場合の作戦は以前から考えてあった。それを青騎士が指揮官である前提で修正し、部下達に命令を与えていく。理想は勝利する事だが、一時的にでも戦況を優勢に持っていければ撤退の目が出て来る。ラルグウィン達は勝敗にかかわらずこの拠点を放棄せざるを得ないのだから、撤退まで持っていければ構わない。その為に必要な事は何なのか。ラルグウィンの頭の中では、その為の冷徹な計算が始まっていた。

戦闘開始直後から、搬出入口は最激戦地となっていた。銃弾やビームが飛び交い、傷を負った者達が何人も後方へ引き摺られていく。ネフィルフォラン率いる六個小隊二百四十名は強引にトンネルを突破し、戦いは搬出入を行う駐車場での攻防に移っていた。ここまでの怒涛の攻めは、流石に最精鋭のネフィルフォラン隊と言えるだろう。こうした突破力と手際の良さが、多くの戦果を挙げる原動力なのだ。むしろこの状況で総崩れにならないラルグウィン一派を褒めるべきかもしれない。そして驚いた事に、ラルグウィン一派は徐々に戦況を押し返しつつあった。

「思ったより早く立ち直り始めたか……」

ネフィルフォランは胸の内で小さく舌打ちをした。本来は相手が奇襲に動揺している間にもう少し押し込んでおきたかったのだ。具体的にはトンネルだけでなく、その先にあるゲートを抜けて拠点に突入しておきたかった。だがその前に相手が立ち直り、ネフィルフォラン達に対して組織的に反撃し始めていた。それはラルグウィン達もまた精鋭であったからだろう。そしてもう一つ、ラルグウィン達の善戦を支えるものがあった。

「そして……聞いていた通りだな。弾道が曲がるし、歪曲場で止められない。あれのせいでこちらの突破力が削がれている……」

それはこの戦いからラルグウィン達が使い始めた、霊子力兵器の数々だった。霊子力兵器は様々なバリエーションがある。主に拳銃やライフル、グレネード弾、自動的に戦う土偶等がそれだ。だがそれらには共通するある特徴があった。それは発射された弾やビームが弧を描いて飛び、空間歪曲場のバリアーでは止められないというものだった。

銃撃戦の基本は遮蔽物を確保しながら戦う事だ。それは技術が進んだフォルトーゼでも同じだ。遮蔽ごと撃ち抜くような大型火器もあるにはあるが、やはりそれは特殊なケースに入る。だが霊子力兵器はその常識を覆した。霊子力兵器の弾やビームは、僅かではあるが発射後に弾道が曲がる。それにより身を隠したのに撃たれたというケースが報告されていた。そしてそれを更に厄介なものにしていたのが、空間歪曲場を擦り抜けて来るという事だった。おかげでフォルトーゼの武器に比べて威力はそれ程でもない霊子力兵器が、致命的な兵器となっている。とはいえキリハが部隊全体を保護できる大型の霊子力フィールド発生装置を用意してくれたおかげで、弾道が曲がる事よりは問題は小さい。しかし見方を変えると、ネフィルフォラン隊がフィールド内に釘付けになっているとも言える。自由に移動しての攻撃が出来ないと、部隊の攻撃力を大きく下げてしまう。

「いかがなさいますか、皇女殿下？」

それが分かっているからだろう、副長を務めるナナの表情は厳しい。彼女の身体には多くの霊子力技術が使われているので、誰よりもこの状況を正しく理解していた。そう言う間にもナナの傍を何度か霊子力のビームが通り過ぎたが、彼女がそれに動じた風はない。彼女の表情が厳しいのは、迫る銃撃を恐れたのではなく、ただ戦況を冷静に見つめた上での事だった。

「皇女殿下は止めて欲しいと言った筈です」

「申し訳ありません、しかし――」

「敵がどうあれ我々の役目は同じです。突っ込みます！」

ネフィルフォランは遮蔽物の陰（かげ）から飛び出すと、数十メートル先にある敵の防衛ラインへ向かう。そこには横倒（よこだお）しになった整備用の車両などで簡易的なバリケードが築かれており、その陰に敵兵十数名が隠れて銃撃や砲撃（ほうげき）を繰り返している。ネフィルフォラン隊はそれに前進を阻（はば）まれている。このまま放置すれば後方から更に援軍がやってきて、突破は難しくなる――そう考えたネフィルフォランは、自ら先頭に立ってそこへ突っ込む事にしたのだった。

「みんな、遅れないで！」

ナナは後方の味方に声をかけると、すぐにネフィルフォランの後を追った。ネフィルフォランの突撃は、当然ナナ達味方が続く事が前提になっている。遅れればネフィルフォランの危険は大きくなるので、ボーッとしてはいられなかった。

「それと対閃光防御（せんこうぼうぎょ）！」

「また出るぞ、副長のイリュージョン」

「前見ないで走れって言うんッスかぁっ!?」

「そこは根性（こんじょう）でなんとかしてっ！」

カッ

次の瞬間、駐車場一帯が真っ白い閃光に包まれた。ナナが閃光弾を使ったのだ。閃光弾はネフィルフォランとナナの中間、そのやや右側で炸裂した。ネフィルフォランの突撃に気付いて攻撃しようと銃を構えた敵兵達は、その閃光をまともに見てしまった。これにより視界を奪われた敵兵達は、何となく前方に向かって銃を撃つしかなかった。この状態では兵士の意思が霊子力兵器に届かず、弾やビームは曲がらずに直進するだけだ。ネフィルフォラン隊の兵士達は姿勢を下げて進み、敵の攻撃は殆どが空を切った。この閃光による不意打ちでネフィルフォラン隊は距離を稼ぎ、バリケードまでの距離の半分を進む事が出来た。だがやはり距離があったので、閃光弾一発で稼げる時間は僅かだった。敵兵達は目を擦りながら再び銃を構える。そんな時だった。

「もういっちょおっ！」

ナナは酷く可愛らしい掛け声と共に、先程と全く同じフォームで何かを投げた。当然それを見た敵兵達は自然とこう思う。

「また閃光弾だー！」

そして慌てて両目を閉じた。敵が進んできた状態でもう一度閃光弾を見てしまえば、今度は近い分致命的な結果になる。これは当然の行動だろう。ナナの二度目の攻撃は、全く効果を出さずに終わるかに見えた。

「……それが違うんだなぁ」

それで終わらないのがナナ方式だった。実はナナが二度目に投げたものは、ただの手榴弾だった。手榴弾は綺麗な弧を描いてバリケードの内側に飛び込んだ。敵兵は目を閉じていたので、その軌道を見ていない。その場に伏せたりもしない。

ドンッ
だからその爆発を棒立ちの状態で浴びた。

「ぐあぁぁっ!?」

「うわあああっ！」

各自が装備していた空間歪曲場発生装置のおかげで、敵兵は致命傷を受けていない。だが衝撃や運動量はそのまま受け、大きく跳ね飛ばされた。全く無防備に受けたので、受け身も取れていない。そこへ襲い掛かって来たのが、大槍を振り回すネフィルフォランと、大柄で荒くれ揃いの突撃隊だった。手榴弾の爆風はバリケードが防いでくれたので彼らには全くと言っていいほどダメージはない。圧倒的な優位を確保しつつ、彼女らは敵兵に襲い掛かった。

「残敵を掃討する！　私に続け！」

「了解！」

ネフィルフォランは部下へ指示を出しながら大槍を振るう。彼女も孝太郎同様に機械式の鎧を身に着けているので、その力は野生の猛獣に匹敵するレベルにある。その剛腕で振り回された大槍は唸りを上げ、辛うじて手榴弾で倒れなかった敵兵を薙ぎ払った。大槍は敵兵の意識を刈り取り、大きく後方へ跳ね飛ばした。彼女の隊の兵士達も同様に残りの兵を倒していった。

「後方の射撃部隊をここまで上げろ！」

そしてネフィルフォランは敵が居なくなったバリケードに身を寄せ、先の様子を窺う。敵兵はバリケードを失った事で、搬出入口に運搬されて来ていたコンテナの陰に集合しようとしている。今度はそれが新しいバリケードになるようだった。対するネフィルフォラン隊の方はというと、今取ったばかりのこのバリケードを利用するつもりだった。このバリケードの位置まで射撃が得意な兵士達を進ませて、更にその先を攻撃する為の防御陣地として活用する腹なのだ。

「どんな状況ですか？」

そこへナナが追い付いてくる。ちなみに新参者のナナは、ネフィルフォラン隊の呼吸を乱さないように、隊の後方で射撃を担当していた。隊員達よりも頭一つ分以上の身長が低いナナだが、隊員達は左右に分かれて彼女に道を譲る。配属されてからの短い時間で、ナナは彼らの信頼を勝ち取っていたのだ。

「ナナさんのおかげでここまでは無事に済みましたが、向こうは奇襲の動揺から立ち直りつつあるようです」

「そうなると……これからはここまでのようにはいきませんね」

ナナはこれまで持ち前の天才ぶりを如何なく発揮し、副長としてネフィルフォラン隊を支援してきた。今回もそうで、ナナは奇襲の影響で敵兵の多くがヘルメットを被っていない事に気付き、閃光弾と手榴弾のトリックを使った。ネフィルフォラン隊が閃光弾の影響を殆ど受けなかったのは、ヘルメットに付いている対閃光防御機能のおかげでもあるのだ。だが現在の敵兵は奇襲のショックから立ち直り、しっかりと装備や隊列を整えつつある。こうなると今回の閃光弾のトリックに限らず、奇策の類は通じ難くなったと考えるべきだろう。攻め方を変える必要があった。

「副長は魔法使いだから大丈夫ですよ」

「そうそう、また何かイリュージョンを見せて下さいよ」

ナナは少し前から兵士達に魔法使いと呼ばれるようになっていた。だがナナはまだ、兵士達の前で魔法を使った事は無い。ただ魔法のように敵の裏をかくナナの戦いぶりを見た兵士達が、自然と彼女をそう呼ぶようになっていたのだ。

「お前達、楽をしようとするんじゃない。我々も同じぐらい奮闘して、より良い結果を出そうという気概を持て！」

「連隊長は厳しいなあ……」

「あ、私も皆さんの格好良い所が見たいです」

「行くぞ野郎ども！　副長に良い所見せるぞぉっ！」

「ウオオォォオォォォォォォォッ!!」

「お前達……まったく……」

小柄で可愛らしく軍人らしくないタイプなのに、きっちりと結果を出すナナに刺激されたのか、兵士達の士気はうなぎ登りだった。

「でも、こういうのが出るのって、ネフィルフォランさんがよっぽど信頼されているからだと思いますよ。気持ちの柱というか……」

「ナナさん……まったく貴女という人は、敵も味方も人を乗せるのが上手い」

「ふふふ、魔法使いですから」

武芸のネフィルフォラン、知性のナナ。今のネフィルフォラン隊はそれが両輪にピタリとはまって快進撃を続けている。だが二人は油断していない。敵の本気はここからなのだと知っているからだった。

　ナナとネフィルフォラン、二人が危惧している問題に最初にぶつかったのは東側からの突入を行ったティア達だった。それぞれ東西に配置されたティア達と静香達は、南のネフィルフォラン隊が攻撃を仕掛けた後に突入する予定になっていた。これは敵の注意が南側に向いた隙を突いて突入するという意味だった。ただティア達の場合、隊を率いている隊長自体がとてもせっかちである為に、静香よりも若干早く突入してしまった。おかげで東西のバランスだけで言えば、敵の兵力は若干東寄りになってしまっていた。

「だんだん敵の反撃が強くなってきたのう」

　ティアは髪の毛の毛先を弄りながらそんな言葉を口にした。それが何度か敵を追い返した後の、ティアの素直な感想だった。ティア達は排熱ダクトの入り口に嵌め込まれた鉄格子を破壊し、高温のダクト内を通って拠点内へ侵入した。その直後と比べると、何分か経過した今は敵が強くなっているように感じられていた。ちなみにティアが毛先を気にしているのは、突入時にダクト内で罠に嵌ったからだ。仕掛けられていた爆発物で毛先が少し焦げてしまったティアだった。

「奇襲の動揺から立ち直りつつあるのだろう。また、その影響で霊子力兵器が性能を発揮し始めたと考えて間違いない」

ティアの質問に答えたのはキリハだった。彼女はティアが感じているものに心当たりがあった。

孝太郎隊とネフィルフォラン隊が南北から奇襲したので、ラルグウィンの一派は動揺して指揮系統に乱れが生じた。そのせいで散発的な反撃しか出来なかったのだが、時間の経過と共に組織的に反撃し始めた。そこは反乱したとはいえフォルトーゼ皇国軍。よく訓練されていると言うべきだろう。

そしてもう一つ、反撃が強くなる理由があった。それは実戦投入されたばかりの霊子力兵器が持つある特徴の影響だった。霊子力兵器には使い手の霊力に引かれて動作するという特徴がある。つまり使い手の霊力がビームを曲げたり、威力を上げたりするという事だ。だとしたら思考が明瞭な方が霊子力兵器は強い力を発揮する。一つの事に集中している方が霊力が高まるからだ。それは裏を返せば、奇襲を受けて思考が混乱すれば、霊子力兵器の威力も下がるという事でもある。また逆に奇襲の影響を脱すれば、霊子力兵器は本来の力を発揮し始める。だからティアが感じていたのは、この二つの事情が重なったものだった。

「わたくし達の兵力は一個小隊四十名ほど、攻勢に回らねば押し潰されます」

いつもは安全確実、戦うなら防御優先のルースだが、今日ばかりは別の意見だった。排熱ダクトを通る関係で連れて来られた兵は少ないが、他の隊を守る為に、ティア達が暴れ回る必要がある。特に激戦が予想されるネフィルフォラン隊にはそれが必要だった。

「分かっておる、分かっておる」

敵の反撃が強まっているのを感じた時からティアは単純に銃で戦うのを止め、自らの戦闘用装備コンバットドレスに、追加武装を取り付けていた。今回使っているのはグラップルブラックという格闘戦の為の追加装備で、簡単に言うと身長五メートルの戦闘用ロボットだ。だからどちらかと言うとグラップルブラックの前面にティアが取り付けられているように見える。グラップルブラックはティアの身体の動きを読み取り、全く同じ動作をする。考え方は孝太郎の鎧と同じだが、ティアが中に入っておらず身体も大きいので、単純な攻撃力だけなら孝太郎を上回るだろう。

「そもそも得意な事じゃし、今回は本気を出して良いのじゃからな」

ティアは両手の拳を打ち合わせる。

ガコォンッ

するとグラップルブラックも全く同じ動きで拳を打ち合わせた。だがその時生じた音だけは桁違いだった。身長五メートルのグラップルブラックなので、その拳は巨大な鉄の塊そのものだ。拳と拳が衝突したなら音だけで済むが、片方が敵の兵士であれば大変な事になるだろう。グラップルブラックは正にその為の装備。そして我慢続きだった前回とは違って、今回の戦いでは本気で戦っても良いのだった。

『ティアちゃん、存分に行くホー！』

『霊子力兵器の防御は得意だホー！』

「うむ、任せる」

ティアの左右に埴輪が付き、霊子力フィールドによる防御と、死角から迫る敵兵に対処する。グラップルブラックの動力が強力な空間歪曲場を発生させ、ほぼ全ての物理攻撃を防ぐ。そしてグラップルブラックの弱点である死角と霊子力兵器は、埴輪達が連携して防ぐ。この状態はほぼ歩く防御陣地に等しい。ルースとキリハ、そして味方の兵士達はその陰に隠れて敵と戦う。

「では参ろうか、マキ！」

ティアより前に出るのは真希一人だった。だが彼女の場合、単純に前に出ていると言えるかどうか。真希は魔法や障害物を使って完璧に身を隠し、あるいは敵に成り済まし、状況に応じて敵を攻撃する、いわば奇襲部隊の役割を担うのだ。

「仰せのままに、皇女殿下」

　そして真希は控え目な笑顔を残して姿を消した。次に彼女が姿を現すのは、攻撃に移るその時の筈だった。ティアは真希に向けていた笑顔を消すと、歩を進めていく。

　ズシン、ズシン
　ティアが歩く姿は優雅だったが、それを五メートルに拡大したグラップルブラックの歩みは重い。一歩一歩、拠点の床を砕きながら力強く進んでいった。

「殿下、二十名ほどの敵部隊が接近中。十五秒後に十時方向の角から現れます！　先頭は陸戦型の機動兵器！」

　先行させていた小型の無人機がルースに敵襲を伝える。やはり敵拠点の中という事もあって、敵兵士が次々と現れる。ティアは口元ににやりと笑みを浮かべると、敵が出現するという場所に向かって走り始めた。

「皆の者、わらわに続け！　決して後ろから出るでないぞ！」

「殿下、お一人で先行しては、この戦術が崩れます！」

「ルース、そなたらが遅れなければ良いのじゃ！」

「ああっ、殿下っ!?　皆さんっ、殿下を追って下さい！」

「仰せのままに、マイレイディ！」

ティアは皇女なので、厳密にはこの場にいるのはルースの指揮下の兵士達だ。彼らは素直にルースの指示を聞き、先を行くティアを追って走り出した。そしてルースの方はというと、その場に残ってコンピューターの操作を始める。すると近くに待機していた六機の小型の無人戦闘機が勢い良く飛んでいった。彼女はこの六機の無人戦闘機を操って、味方を守る。彼女の称号、守護騎士の名前に相応しい戦い方と言えるだろう。

「思い知るが良い！　そなたらが戦っているのが、一体何者であるのかという事を！」

ティアは嬉々とした様子で巨大な拳を振り上げた。するとそんな彼女の目の前に、八本足の蜘蛛型の機動兵器が滑り込んでくる。ルースからは十五秒と伝えられただけで、タイミングはほぼティアの勘だったが、予想した通りの位置に敵がやって来てくれた。

『敵機捕捉、自動反撃――――』

「遅いっ！」

ガンッ

ティアが操るグラップルブラックの右拳が、蜘蛛型の機動兵器の頭――――複合センサーユニットに叩き込まれる。そのあまりの威力に、蜘蛛型の機動兵器を守る空間歪曲場は一瞬で崩壊、その拳は頭に叩き付けられた。これだけであれば、蜘蛛型の機動兵器は持ちこたえたかも知れない。だが、そうはならなかった。

ドンッ、カキンッ
床が揺れる程の爆音。そして爆音の直後、グラップルブラックの右腕から大きな薬莢が排出される。それは拳による打撃の威力を強める仕掛けで、薬莢に詰められた火薬が炸裂する事で拳をほんの僅かに前へ押し出す。それはつまりグラップルブラックのパンチが炸裂した部分へ、素早く大砲で追い打ちをするようなものだ。一瞬で行われたこの二度の攻撃を受けては、流石の機動兵器も持ちこたえられない。綺麗に振り抜かれたグラップルブラックの拳は、機動兵器の頭部のみならず、その向こう側にある胴体に内蔵されたジェネレーターまで破壊していた。そんな状態にある機動兵器をグラップルブラックが蹴り飛ばすと、壁に激突して動かなくなった。

「イメージ通りに出来たのう。今日は絶好調じゃ！」

ティアはこの結果に満足していた。努力家のネフィルフォランとは違って天才肌のティアなので、この攻撃は即興だった。だがイメージ通り成功し、機動兵器を僅かな時間で破壊する事が出来た。相手が機動兵器の場合は時間がかかると味方が危険なので、ティアは無茶を承知で前に出た。実はこの突進は、味方の事を考えての行動だったのだ。そしてティアは賭けに勝ったという状況だった。

「撃て撃てぇっ！　あれをこちらに近付けるな！」

「あれとはなんじゃ!!　わらわはそなたらの皇女じゃぞ!?」

とはいえ成功の代償はある。ティアは突撃して敵の集団の真ん前に出てしまうので、集中攻撃を浴びてしまう。特に今回敵は霊子力兵器を使っているので、非常に危険な状況と言える。霊力のビームが雨霰とグラップルブラックに降り注ぐ。

『ティアちゃん無茶のし過ぎだホー！』

『おいら達だけでは守り切れないホー！』

二体の埴輪は霊子力フィールドを展開して、敵のビームを防いでいる。相手が霊子力兵器であるおかげで、埴輪も僅かだが孝太郎同様に敵の殺気が線になって見える。そのおかげで最初は器用に防いでいた。だが敵がグラップルブラックを回り込み始めると雲行きが怪しくなり始めた。正面と左右から攻撃が来るので、幾らもしないうちに二体の埴輪だけでは捌き切れなくなり始めた。ティアが味方の兵士達と一緒に前進していれば、敵は回り込めなかっただろう。これが機動兵器を単独で叩いた代償だった。

『殿下、後退して下さい！』

「ルースか！　助かった！」

そこへ飛来したのがルースが操る六機の小型戦闘機だった。一機一機は数十センチの大きさだが、六機が完全に同期して戦うので非常に強力だ。ルースは六機の戦闘機を使って

グラップルブラックの側面に回り込もうとしていた敵を攻撃する。無防備に攻撃を受ける事を恐れた敵兵達は一瞬足が止まった。

「私も少しお手伝いを！」

「マキかっ⁉」

　姿は見えなかったが、何処からともなく真希の声が聞こえてくる。次の瞬間、天井が崩落してティアが埋まってしまった。だがこれはもちろん真希が作った幻影だ。その幻影に敵が驚いているうちに、中に居るティアは味方の方へ後退していった。

「御無事ですか、殿下！」

「うむ、何ともない。大儀であった！」

　ルースと真希の機転のおかげで、ティアは無事に部下の兵士達と合流する事が出来た。これによりティアは本来の戦い方が出来るようになったので、再び前進を始めた。

「とはいえ………勘弁して下さいよ、殿下」

「こっ、これには深い訳が………」

　無事に済んだ格好だったが、ティアは部下の兵士達から文句を言われてしまった。ティアの意図は明確だったが、この忙しい状況ではそれを話している暇はない。ティアは居心地が悪い状態で文句を聞かねばならなくなった。

「幾ら我々の為でも、こういう無茶は困ります」

「ウッ……気を付ける」

「なるほど、あれはそういう事だったのか」

だが幸いな事にティアの意図に気付いている兵士が居た。その兵士が話を治めてくれたおかげで、ティアはそれ以上居心地の悪さを感じずに済んだ。気を取り直したティアは再び敵に向かって行く。

「予想より敵の数が多い……このままでは捌き切れなくなるかもしれない……」

この時、危機感を募らせていたのがルースだった。彼女は周囲の索敵と無人機への命令を並行して行っていた為、敵が増えてくるにつれて負担が増えていた。コンピューターの画面と実際の戦闘、その双方を気にする必要があるので当然だろう。

「ふむ、ならばこうしよう」

その時、手を差し伸べたのがキリハだった。キリハは額に意識を集中させる。するとその額に緑色に輝く剣の紋章が現れた。その直後から、キリハが見ているものがルースにも伝わり始めた。

「我が汝のもう一つの目になろう。汝はコンピューターの操作に集中を」

「そうか、これなら！　ありがとうございます、キリハ様！」

キリハは単純にルースの目になっただけでなく、彼女が危険だと思う場所も同時に教えていた。ルースはそこに無人機を送り支援すれば良かった。やる事が減ったおかげでルースに余裕が出始め、その対応は明らかに少し前よりも早い。またルースの額にも黄色い剣の紋章が浮かんでおり、彼女が見たいものをキリハへ伝えていた。キリハはそれを元に視線を動かしながら、ルースに代わって頭を働かせ対応策を練る。二人は額の紋章の力を上手く使って、単純な足し算以上の力を発揮し始めていた。

『わたくし達がこれだけ大変なら、他も同じような状況の筈。皆さん御無事であれば良いのですが………』

『ここは信じて戦うよりない。我々は我々の役目を果たさねば』

額の紋章を使わねばならないという事は、それだけ敵が強いという事。だとしたら他の仲間達もきっと苦戦しているだろう。だが二人には心配している余裕はない。彼女らにも重大な役目がある。敵の司令室か、工場のどちらかを占拠せねばならないのだ。そうしなければ戦いは終わらない。辛い時だが、今こそ仲間を信じる時だった。

　こうして各地で戦端が開かれ、ラルグウィン達が徐々に反撃に移り始めた頃。それでも意外なほど善戦していた者達が居た。これはクラン――――実質的には静香とアルゥナイアかもしれない――――が率いている部隊だった。

「……どうやら霊子力センサーの大量生産には至っていないようですわね。個々の部隊は熱光学カモフラージュだけで騙せていますわ」

　驚いた事に、この部隊は未だ敵に発見されていなかった。これはクランの科学技術と早苗の霊能力のなせる業だった。クランは独自の科学技術を使って味方の姿を隠し、早苗は周辺の敵の位置を全て把握して見付からない方向へ部隊を移動させる事が出来た。幾つか敵のセンサーには引っ掛かっているのだが、調べに来た敵兵が首を傾げるだけで終わってしまう事が多かった。そして、この善戦にはもう一つ大きな理由があった。

「でもさ、あそこに集まってるおじさん達は厳しそうじゃない？　なんか頭に色々着けてるし」

「だったら、また化学戦エキスパートの出番じゃないかしら？」

「化学戦エキスパートじゃないですよぅ……しくしくしく………」

　それは愛と勇気の化学少女☆ケミカルゆりかだった。ゆりかの化学は――――魔法の存在を明かせないので味方の兵士達にはそう説明している――――この拠点内での戦いに極めて適していた。まず風が吹かない屋内である事。そして小さな部屋が多い事。おかげでゆりかが放つ毒ガスや酸の雲は拡散する事が無く、あっという間に敵の兵士達を無力化してしまう。それでいて毒ガスや酸の雲はゆりかに完全にコントロールされているので、味方はガスマスクなどで身を守る必要が皆無。ゆりかが近付いていくだけで敵がバタバタ倒れていくという地獄絵図が展開していた。こうして早苗が見付け、クランが隠し、ゆりかが倒すという連携が完全に機能し、彼女達の部隊は敵に見付からないまま進んでいた。

『いや、流石にそろそろ向こうも攻撃に気付いているようだ。奴らが頭に被っているのは、何と言ったか……』

魔力で作ったぬいぐるみのような姿で静香の肩に乗っているアルゥナイアだが、その状態でも目の良さは生身のそれと変わらない。野生で生きる竜族の王は、数百メートル先の獣の姿を見分ける。数十メートル先の兵士達の姿ぐらいどうという事は無い。問題はむしろ、彼が見たものを日本語で説明できるかどうかだった。

『そうそう、あれは多分「がすますく」というものだろう』

幸いアルゥナイアはその単語を知っていた。一行の進行方向には十字路があり、複数の重要エリアに繋がっている。そこを守る為に兵が配置されていて、ガスマスクを被り、化学戦防護服を着ていた。これで毒と酸には耐えられる。味方の兵士が何人も倒されているのに、全員が外傷無し。その状況からラルグウィンの一派は化学兵器で攻撃されていると考え、重要な場所を守る兵にマスクと防護服を与えたという訳だった。

「やりましたぁっ！」

それを聞いたゆりかは両手を挙げて大きな喜びを示した。酸と毒が効かないなら、もう化学攻撃はしなくて済む。彼女はあくまで愛と勇気の魔法少女。これ以上の悪評は避けたいのが本音だった。

「……ユリカ、喜んでどうしますの？　まあ、気持ちは分かりますけれど……」

クランは呆れ半分、同情半分の視線をゆりかに注いでいた。クランの場合、陰謀や罠で敵の足を引っ張ろうとしていた過去の自分は消し去りたい汚点だ。だから陰謀めいた手法は使いたくない。だが戦いの質が変わった今は、どうしてもクランにそうした役回りが回ってくる。犠牲を避ける為にやりたくない事をしている訳なので、ゆりかの気持ちはとても良く分かるのだった。

「ほいじゃ、あたしと静香の出番かな？」

『うむ、異論はない！』

逆に目を輝かせているのが早苗、そしてアルゥナイアだった。早苗はただ孝太郎に褒めて貰いたい一心。アルゥナイアはただ戦いたい一心だった。

「出てこい、さぐらてぃん！」

早苗が右手を前に伸ばし、芝居がかった口調でそう言うと、彼女の手の中にサグラティンが現れる。この剣は本来ティアのものなのだが、ずっと孝太郎が使っていたのでその霊力が染みついており、早苗の霊力と相性が良く使い易いのだ。もちろん、これを使って戦うとてもかっこいいという理由も大きい。

『参るぞ、シズカ！』

「そう興奮しないで、おじさま」

「あそこにいる敵兵は総勢二十名。こちらの半分ぐらいですけれど、あの数と広がり方では一気に倒すのは難しいですわ。頼みの綱の化学兵器も効きませんし」

本当なら一気に倒して援軍を呼ばせないようにしたいのだが、この状況ではそれは難しい。他の手が必要だった。

「……化学兵器じゃないですぅ」

「まあまあゆりかちゃん拗ねないで……それじゃあ、どうするんですか？」

「無理に攻めず、一人ずつ順番に倒していくのが良いと思いますわ。幸いわたくし達はここまで素早く進んで来られましたから、それをしている余裕はあると思いますの」

「じゃー、普通に突っ込んで攻撃だねー」

『心得た！』

「ええ。しかし四人ずつ兵士を連れて行って下さいまし。貴女方の攻撃力に、単純な手数を加えたいんですの」

「私はどうすればいいんですかぁ？」

「ここで援護チームの手伝いをお願い致しますわ」

「はぁい、わかりましたぁ」

静香と早苗は四人ずつ兵を連れて前進する。クランとゆりかは後方から援護で、やはり四人ずつ兵が行動を共にする。クランとゆりかに関しては接近戦が弱いという弱点を兵達にフォローして貰う格好だった。そして残りの二十名の兵士は、両者の間で行動する。静香と早苗が敵の防衛ラインを崩したらそこを攻撃する。逆に敵がクランとゆりかを狙って攻めて来たらそれを防ぐ。攻め過ぎず、退き過ぎず、ベテラン兵士の経験が生きるポジションだった。

「それと繰り返しになりますけどサナエ、相手は霊力に強いかもしれませんから、十分に注意を」

「うん、分かった。ありがとメガネっ子」

「……本当に分かってらっしゃるのかしら……」

孝太郎とは違って早苗は正規の剣術の訓練をしていない。だから彼女が剣をぶんぶんと振り回す姿には不安が大きかった。だが時折ぴたりと型にはまる時がある。それは早苗がその部分だけを繰り返し練習したアニメの登場人物の決めポーズであり、その事が尚の事不安を誘う。クランの言葉は無理もない事だった。

『ワシとシズカでフォローする。安心するといい、クラン皇女』

「そうそう。だからクランさんは敵の事だけを心配していて。その方がみんな助かると思うから」

静香はそう言い残すと早苗の後に続く。静香の場合は敵の武器が何であれ、アルゥナイアの防御が抜かれる心配はない。その分周囲に気を配れるので、早苗のフォロー役にはうってつけの人材だった──のだが。

「……ああ、やっぱりほっといて大丈夫そう。早苗ちゃん出鱈目だわ」

先を行く早苗を見て、静香は思わず苦笑した。早苗は孝太郎以上に、霊能力で敵の攻撃を予測出来るので、器用に攻撃をかわしていた。だが訓練されていない早苗の動きには全く合理性が無く、時折霊子力兵器のビームや弾が直撃してしまっていた。しかし彼女の身体から溢れる圧倒的な霊力がその攻撃を掻き消してしまうので、ダメージは受けない。そしていちいち避けるのが面倒になったのか、途中から早苗は回避を止めて真っ直ぐ敵に向かって走り出した。恐らく敵兵が使っているのが霊子力兵器でなければ、早苗にダメージを与えられただろう。状況的に仕方のない事だが、霊子力兵器に頼ったラルグウィン一派の判断ミスだった。

「そうか、サナエの場合は霊力に強いのはお互い様だった訳ですのね」

「早苗ちゃんの場合はぁ、普通の霊力の武器じゃ全然傷付かないと思いますよぉ。それにあのおじさん達はぁ、動き難い服を着ているから早苗ちゃんから逃げられないんじゃないかとぉ」

早苗は無造作に敵兵に近付くと、手にした剣でバシバシと叩き始める。ゆりかが言う通り化学戦防護服で動きが鈍い敵兵は、やたらと素早い早苗からは逃れられず、端から順に倒されていた。そしてその逆の端には静香がおり、敵兵は同じように端から順に倒されていく。やはり要塞並みの攻撃力と防御力を持つ静香が相手では手も足も出ない様子だった。ゆりかは魔法で援護しようかと杖を掲げたが、結局何もせずに杖を下ろした。その必要はなさそうだった。

「なるほど、キィはここまで計算して、メンバー編制をしたんですのね」

今回の敵に限れば、静香とゆりか、早苗の三人は弱点がありそうに見えて無い。ゆりかが接近戦に弱いというくらいだろう。そこに頭脳タイプのクランを加えれば、三人を自由にさせておくことで、クランも自由に動ける。今日の拠点攻撃のゴールは司令室と兵器工場の制圧なので、クランのようなタイプがその場所を特定する必要がある。そんな訳でクランは戦いを他の三人に任せ、自らは情報収集に集中する事にしたのだった。

真希が拠点の場所を特定した後、ルースとクランは人工衛星や軌道上の『朧月』を使って拠点の中の様子を調べた。フォルトーゼの科学技術なら、地中の様子を調べる事は可能だったのだ。とはいえやはり矛と盾は同時に進歩するもの。そうした外からの調査を防ぐ手段もまた存在しており、多くの時間をかけても、拠点の形や規模と一部の部屋の機能が推定できる程度までしか分からなかった。そのあたりは流石に軍事拠点といったところだろう。だから孝太郎達は機能が不明の部屋を一つ一つ確かめる事で、司令室と工場を見付け出そうとしていた。そういう事情もあって、孝太郎達は四方から攻撃を仕掛けたのだ。本当なら搬出入口から倉庫、そして工場へのルートを辿れる筈だが、現在そこは最激戦地。他の三方向から調べを進める以外にないのだった。

「………この部屋も違うか………やれやれ、キリハさんの予想通りだったか………」

残念ながら突入からしばらく時間を経ても、司令室と工場は見付かっていなかった。ラルグウィンは攻撃を受ける事を想定しており、ダミーの部屋が多く存在していたのだ。今孝太郎が居る場所は食料倉庫。交戦中にはさして重要でもないのに、あえて中が見えないようにしてある、ダミーのうちの一つだった。

「落ち着いて下さい、里見君」

そんな孝太郎に間近から穏やかな声をかけたのが晴海だった。彼女は味方の兵士達がこの場所を調べている隙に、鞄を開いて孝太郎の手当てを行っていた。といっても大きな傷ではない。これまで放っておかれた小さな傷を手当てしていた。

「そうやって焦らせるのが敵の狙いです。それに里見君がイライラしていると兵士さん達が不安になります」

「分かっているつもりなんですが、どうにも……」

「それに必ずしも私達が見付ける必要はないんですよ。ティアミリスさん達やクランさん達が見付けてくれるのでも構わないんです」

「そうでしたね。この間、仲間を信じて待つ事の大切さが分かった筈なのに……ふぅううううう……」

晴海に諭され、孝太郎は大きく息を吐き出した。難しい局面ではあるが、何もかも一人で背負い込む必要はない。九人の少女と皇国軍の兵士達をもっと信じて良い筈だ。孝太郎はそれを改めて自分に言い聞かせた。

「……それに、里見君の強くない部分は、私達だけで独占しておきたいです」

最後に晴海は孝太郎の耳元でそう囁くと、消毒が済んだ孝太郎の頬に絆創膏を貼った。これで孝太郎の手当ては終わりだった。そして多分、孝太郎の気持ちの方の手当ても。

「ハルミさん、こちらもお願いできますか？」

「はーい、今参ります！」

晴海は孝太郎に一つ笑顔を残して、他の怪我人の方へ走っていった。実は晴海は大人気だった。普通の治療キットと魔法を併用する彼女は、戦闘不能に近い状態の怪我人さえ戦線へ復帰させる事が出来る。また本職の衛生兵と協力する事で、晴海には出来ない正確な診断が出来る。その結果、晴海の力を無駄なく使う事が出来るので、現時点で孝太郎隊の兵士は脱落者ゼロという、素晴らしい結果を出していた。

「傷が塞がる過程で少し痛みますが、そこは我慢して下さいね？」

「は、はい………」

「どうしました？」

「いえ、別に………」

「………？」

晴海自身は気付いていないが、彼女が大人気である理由はもう一つあった。それは彼女の髪だ。魔法を使っている時は、彼女の髪は銀色に輝いていたのだ。

「……閣下、あの方は本当に何者なのですか？」

孝太郎の傍に残っていた副官は、この場所に居るフォルトーゼ出身者全員が思っていて言えずにいる事を、率直に言葉にした。

「前にも言っただろう、アライア陛下からシグナルティンのチューナーの役割を引き継いだ普通の女の子だって」

「とてもそういう風には………引き継いだものが力だけとは到底思えないのです」

晴海がシグナルティンの魔力を操り、魔法を使う事はティアの部下の兵士達なら知っている事だった。内乱の初期から孝太郎達と一緒に戦っているので、自然と誰もが知るところとなったのだ。そして付き合いが長いからこそ、辿り着く疑問があった。

「あの方は本当は、アライア陛下ではないのですか？」

十代の少女とは思えない落ち着きと見識。人を導く健やかな意志と言動。ついさっき孝太郎を諭し、正しい道を示したように。そしてそれ以上に、銀色の髪が何よりの証拠に思える。晴海はアライアの力を受け継いだのではなく、もしかしたらアライアそのものなのではないのか――――ティアの部下の兵士達の間では、そんな事がまことしやかに囁かれるようになっていた。

「俺にもその辺はよく分からないんだ。別人の筈だが、そう思えない時もある」

ヴァンダリオンとの戦いの後、アライアは孝太郎に別れを告げ、消えた筈だった。正確にはシグナルティンの契約から解放された命と魂が、晴海の中へ還っていったのだ。にもかかわらず、最近は孝太郎も感じる事がある。晴海がアライアに似過ぎていると。もしかしたら今も晴海の中に――――孝太郎もそう思わないではない。だが確かめる術はない。全ては想像の中のものだった。

「けれど一つだけはっきりしている事があるんだ」

「それは？」

「あの人が桜庭先輩であれ、アライア陛下であれ、普通の女の子として生きて貰いたいって事さ。もしあの人がアライア陛下であったら尚の事、もう一度フォルトーゼに命を捧げさせる訳にはいかないだろう？」

病弱であった晴海。皇女として生きるしかなかったアライア。彼女がどちらであったとしても、普通の少女として生きるべきだ。望んでも手に入らなかったものに、ようやく手が届いたのだから。

「実に閣下らしいお答えです。そしてきっと正しい。私も……私達もそう考えるように致します」

「済まない、色々と気を遣わせて」

「いえ、閣下もこのような問題は初めてでしょうし」

孝太郎が青騎士であったから生じた、不思議な疑問。孝太郎は意地悪をしている訳ではないし、当事者だからといって全てを知っている訳でもない。世の中にはどうしようもない疑問もあるのだ。副官の青年は孝太郎の言葉に嘘はないと思ったから、この答えで満足した。そして部下達に訊ねられたら、同じように答える事に決めた。

「お待たせしました里見君。負傷者の手当ては終了、出発出来ます」

そこへ晴海が帰ってくる。彼女は孝太郎の前にやってくると、兵達の真似をして孝太郎に敬礼した。

「ふふっ」

そんな晴海を見て、孝太郎の口からは笑いが漏れた。すると晴海は不思議そうに首を傾げる。

「里見君？」

「桜庭先輩には敬礼は似合わないと思って」

「里見君っ！　ここが皇宮なら不敬罪でタイホですよタイホ！」

「逮捕しますか、皇女殿下」

「こらっ、オライエン！　少しは上官を守ろうという気はないのか！」

「少し前からハルミ派に鞍替えを」

副官の青年は改めて感じていた。目の前の少女が何者でも構わない。尊敬すべき好人物であり、同時に守るべき普通の少女であるのだと。


孝太郎達がヴァンダリオン派の残党が使っている拠点の攻撃を始めてから、三十分ほどの時間が経っていた。ヴァンダリオン派の残党は当初こそ奇襲の影響で押されていたものの、少しずつ戦況を押し返し始めていた。やはり自軍の基地で地の利がある事、そして攻撃を想定して準備が整っていた事がその理由だった。

「………そろそろ思い切った手が必要だな」

司令室の三次元モニターには自軍の奮闘が表示されていた。だがそれを見つめるラルグウィンは、この状況が続くとまずいと考え始めていた。

「必要でしょうか？　確かにまだ押され気味ではありますが……」

隣で同じものを見ていた副官には、決して悪い戦況には見えなかった。全体としては押され気味ではあるが、一気に崩れるような気配はない。このまま戦いが長引けば自軍拠点である強みも出て来る。蓄えてある物資や兵器が使えるからだった。

「問題はこの拠点の勝敗ではない。ここで勝ったとしても、我々が本来の目的を果たせなくなるような勝ち方では意味が無いのだ」

ラルグウィンはあくまで冷静だった。彼はこの状況を戦略的に捉えていた。確かに副官が言うように、この場所で勝つ事は不可能ではない。しかしヴァンダリオン派残党が何を目的として動いているのかを考えると、今のまま戦い続けた場合、その目的の方を失う可能性が高くなってきていた。日本式で言うなら、相撲に勝って勝負に負ける、そういう状況に陥るという事だ。

ヴァンダリオン派残党の目的は大きく二つ。一つは青騎士を討ち果たし、ヴァンダリオンの仇を取る事。そしてもう一つがフォルトーゼを支配する事だった。ヴァンダリオン派残党は地球で孤立しているので、兵力が一定数を下回ってしまうと軍事活動が出来なくなる。またフォルトーゼ支配を可能とする切り札として『青騎士の力』の謎の解明が必要となる。その中でラルグウィン達はようやく霊子力技術に手が届いた状況にあり、折角手にしたそれを手放す訳にはいかない。つまりこの戦いにおけるヴァンダリオン派の勝利の条件は、青騎士一派を倒す事ではなく、一定の兵力が残っているうちに霊子力技術とその技術者を別の拠点へ逃がす事にあった。そして今、青騎士一派はそれをさせないように動いている。ラルグウィンが宇宙からの観察・分析を防ぐ為の措置を施した部屋を順番に調べている事からもそれは明らかだった。

「仰る意味は分かりましたが……いかが致しますか？」

副官の表情もラルグウィンのそれと同じく硬い物に変わっていた。彼にもラルグウィンが見ているものが見え始めていたのだ。

「それはだな――――」

そこからラルグウィンは次々と指示を出していった。その指示は驚くべきものだったのだが、副官は何も文句を言わず指示を実行していく。今の副官には、それが必要な事であると分かっていたからだった。

ラルグウィンの賭け　六月十八日(土)

　その違和感に最初に気付いたのはキリハだった。キリハはティアとルース、真希と一緒に拠点の東側で戦っていた。より正確に言うと、戦いながら霊子力技術関連の工場や研究室、あるいは司令室を探していた。彼女らが拠点に突入した直後は、奇襲の形になっているおかげで一方的な勝利が続いていた。だがその有利な状況は時間の経過と共に少しずつ失われていった。これは単純に敵が奇襲の混乱から立ち直っていくからだ。そして敵が完全に立ち直るまでに、どれだけ奥まで進めるかが孝太郎達の勝利の鍵だった。しかしある時から奇妙な事が起こっていた。

「………おかしい………兵力が尽きた訳でもあるまいに………」

　キリハは戦闘の様子に違和感を覚え、腕組みをして考え込んだ。そうしている間もキリハの目は戦況を油断なく見つめている。ティアは相変わらず絶好調で、グラップルブラックで迫り来る敵を薙ぎ倒している。時折敵兵がグラップルブラックの死角から襲い掛かってくるが、ルースが操る六機の無人機が鉄壁の守りで追い払う。陰に日向に活躍しているのが真希で、戦況に合わせてティアとルース双方の手伝いをしていた。また彼女達のフォローをしている兵士達も健在で、攻防共に歴戦の勇士らしい地味だが手堅い仕事をしていた。

「キリハ様、どうかなさいましたか？」

額の紋章を利用して積極的に情報交換していたので、ルースはすぐにキリハの様子がおかしい事に気が付いた。

「あまりに順調過ぎると思ってな」

そしてキリハが奇妙に感じていたのは、戦いが今も順調であるという事だった。敵は奇襲の混乱から立ち直り、手強くなった。実際、個々の部隊の戦闘能力は上がっている。組織的に攻撃して来るし、付け込めそうな隙も減った。にもかかわらず、キリハ達は苦戦していない。その理由は明らかだった。

「敵の数が減っているように見えるのだ」

『気のせいではないか？　わらわが強過ぎるだけじゃろう』

「ちょっとお待ち下さい………」

キリハの指摘を聞いてもティアは楽しそうに戦い続けていたが、ルースは違った。拠点突入からの戦闘データを引っ張り出し、顔認証ソフトで敵の人数を数え始めた。

「これは⁉　キリハ様、確かに数分前から敵の増援が減っています！」

敵は調子を取り戻し、装備にも連携にも問題はない。なのにキリハ達は引き続き勝ち続けている。その理由は敵の数が減っているせいだった。しかも減っている事が分かり難いように、最初に当たる部隊の数は据え置いて、増援の部隊の数が減らされている。加えて戦闘になる場所を狭い場所にして、一度に戦える人数を少なくしている。おかげで相当注意深く見ていなければ兵力の低下は分からない。冷静に戦いを見つめていたキリハだからこそ、早いうちに気付く事が出来た。他の者であれば、その事に気付くのはもっと先だっただろう。

「やはりそうだったか………」

キリハはルースの言葉に頷く。そして引き続き考え込む。大事なのは攻め寄せて来る人数が減った事ではない。何故減ったのか、そちらが問題だった。

『………敵を一人捕まえて、頭の中身を読んでみましょうか？』

相変わらず姿が見えない真希が通信機越しにそんな提案をする。実のところ真希は心理系の魔法が得意なので、他人の頭の中を読み取る事も可能だった。だが今考えている事をリアルタイムで読み取るのとは違って、過去の記憶を読み取るのは時間がかかる。それに孝太郎達はこれまでの経験上、よっぽどの事情がなければ他人の記憶には触れない方が良いという考えを持っている。タイムスリップで誰を助けるのかという問題と同じで、それがどうしても必要な局面までやらない事にしているのだ。もちろん真希もそう考えている。しかし状況的に、今がその『よっぽどの事情』に当て嵌まるかもしれないと思ったのだ。

「いや、それには及ばない。恐らく――――」

キリハは真希への返事もそこそこに、通信機のチャンネルを変更。孝太郎とクラン、そしてネフィルフォランと、部隊長の三人に対して通信を接続した。

「突然の連絡で申し訳ない。汝らが交戦中の敵が、数分前から急に手強くなったり、逆に弱くなったりしていないだろうか？」

『我がネフィルフォラン隊が交戦中の敵には変化はありません』

『わたくしのところは少し楽になったかもしれませんわね』

『俺のところはずっと大忙しだと――――いや、言われてみれば確かに少しきつくなったかもしれない』

「ふむ………どうやら孝太郎、汝の場所のようだな」

『え？　何の話だ？』

孝太郎の声と共に、剣戟や銃撃の音が聞こえてくる。孝太郎達は今も交戦中なのだ。

「ラルグウィンは基地全体を守るのを止めた。恐らく汝が居る場所で数的優位を作る為だろう。彼らは脱出したがっているのだ」

それがキリハの結論だった。その三者の対応に振り分けられていた兵力を減らし、孝太郎達がいる場所へ送った。キリハはネフィルフォランがそれに気付いていないのは、元々の兵力が大きいからだろうと考えている。仮にだが五十人から二十人減らした場合と、二百人から二十人減らした場合を比べると、後者は人数の変化をあまり感じられないだろう。それにネフィルフォラン隊を止められない場合、五百人近い兵力が拠点内に雪崩れ込む事になるので、減らし過ぎる訳にもいかないのが正直なところだろう。そこを重視した場合は、単純に減らしていないかもしれない。

そして何故兵力を孝太郎の所へ集中させたのか。またそうやって兵力を減らした事を悟られないように工夫した理由は何なのか。キリハはそれを多くの兵力を一ヶ所に集めて数的に優位な場所を作り、脱出する為だろうと考えている。脱出という行動の難しい所は、数的に不利な場所でやると全滅しかねないという点にあった。だからその前の段階で無理矢理にでも優位な戦況を作らねばならない。その為に兵力を移動させる必要があった。当然敵にはその事に気付かれない方が良い。同じように移動されたくないからだ。優位を作る場所が孝太郎達の場所になった理由は主に三つ。正面ゲートから艦艇で脱出したかった事と、ついでにヴァンダリオンの仇討ちが出来れば良いという事。そしてキリハは、これが一番大きい理由だと思っているのだが、霊子力技術の研究施設や工場が比較的正面ゲートの近くにあるからだろう。運び出しが楽な場所を選ぶのは自明の理だった。

　結果的に多くの兵力を失うだろうが、それを覚悟の上で、新技術と軍事行動が可能な最低限の兵力を守る。キリハが思うに、この状況でラルグウィンが取り得る最良の選択だろう。勝利に執着するとなかなか出来ない行動なので、キリハはラルグウィンに対して、敵ながら見事と思わずにはいられなかった。

　付け加えるなら、孝太郎のところに兵力を集めるという決断自体も見事だった。普通のフォルトーゼ人なら伝説の英雄・青騎士のところに兵を集めようという発想が出ない。そしてラルグウィンは青騎士といえど一人で沢山の敵には対応出来ないという弱点に気付いている。どちらの意味でも、非凡さを感じさせる危険な男だった。

孝太郎達は目の前の敵を退けると移動を開始した。キリハの予想が正しい場合、孝太郎達が向かうべき場所は正面ゲート、その傍にある軍事用艦艇の発着ドックだった。そこでラルグウィン達が脱出するのを防がねばならない。より正確に言うと通路とドックの接点に兵を置き、ラルグウィン一派が通路からドックに出られないように戦う。こうすればドック側にいる孝太郎達が常に数的優位を作れる。ちなみにこの戦い方はキリハに教わったものではない。二千年前の世界に居た時に、実体験として学んだ事だった。

「みんな急げ、敵が先に着くと同じ方法でやられるぞ！」

懸念はただ一つ、既にドックにラルグウィン一派が辿り着いているかもしれないという事だった。それがごく僅かな兵であれば問題はないのだが、ある程度まとまった数であれば孝太郎達がやろうとしている方法で攻撃される。キリハがいち早く気付いたとはいえ、先に行動を始めたのはラルグウィン達の方だ。ドックを確保する為の兵員を先行させている可能性は少なくない。孝太郎達は急がねばならなかった。

「里見君、あれを！」

そして孝太郎達がドックまであと僅かという場所までやって来た時、孝太郎と一緒に先頭を走っていた晴海が正面からやってくる敵の姿を発見した。人数は五十人から六十人といったところ。孝太郎達の人数と大して変わらない。この通路はT字路になっていて、孝太郎達も敵兵達も道を曲がってドックへ飛び込みたい。だがこの位置関係では曲がらずにそのまま突っ込んで戦うしかない。先に飛び込んでも例の作戦を実行する前に背中を撃たれて酷い目に遭うからだった。

「仕方ない、総員戦闘態勢！」

ジャキ

孝太郎は覚悟を決め、腰からシグナルティンを抜いた。ドックへ辿り着けなかったので優位は作れなかったが、幅がそう広くない通路なので同数では当たれる。

「男爵さん、右翼は俺達に任せて下さい！」

これまで孝太郎のやや右後方にいたレッドシャイン――――ケンイチが最前列に出る。その両手には既に、拳銃と接近戦用の剣が握られていた。

「頼めるか、サンレンジャー!?」

「むしろこの規模が俺達の得意な戦いです！」

孝太郎達の総兵力は五十人弱といったところだ。孝太郎と晴海、サンレンジャーと皇国軍一個小隊四十名でそういう人数になる。これまではこの人数ではサンレンジャーの良い所は出難かった。数十人同士で激突してしまうと五人編制の部隊の強みは出難い。だが今は違う。戦力そのものは数十人同士で変わらないが、通路が狭いおかげで全兵力でぶつかり合う形にならないのだ。良いところで十数人。それはサンレンジャーが日々繰り返してきた、得意な戦闘規模だった。

「ダイサク、頼む！」

「うん！」

イエローシャイン、ダイサクは先頭に立って走り始めた。太ってはいるが元々体力はあるダイサクなので、敵との距離が一気に詰まる。そんな事をすればもちろん敵の攻撃が集中する。

「おっとっと」

「大丈夫ですか、ダイサクさん⁉」

「まあ見ててよ、男爵さん」

キンッ、キキキンッ

だが敵の攻撃はダイサクには届かない。実はダイサクは、キリハが提供した部隊用の霊子力フィールド発生装置を背負っていた。これはダイサクの生まれつきの腕力とスーツによる強化が合わさって可能となった荒業だ。本来なら専用の機動兵器や台車で運ぶような代物なので、最前列の敵の攻撃が数人分当たったところで何も問題はなかった。

「どっせーい！」

バキンッ
なおもダイサクが突進した事で、敵味方双方の霊子力フィールドが接触する。ヴァンダリオン派残党のそれは生産開始直後のもので、しかも個人用で出力が弱い。ダイサクの部隊全体を守れる霊子力フィールドとは初めから勝負にならなかった。もし全員分の個人用フィールドが同時に接触できていれば勝つ可能性はあったかもしれないが、当然そんな事は出来ない。敵のフィールドは接触したものから順番に崩壊していった。

「ハヤト！」

「おうっ！」

次はブルーシャイン、ハヤトの出番だった。彼は得意の狙撃銃ではなく、サブマシンガン形状の霊子力ビームガンを両手でしっかりと構えた。そして無造作に引き金を引く。

キュキュキュンッ
霊子力ビームガンの隠れた特徴として、実体弾ではない為に反動が少ないという優れた特徴がある。つまり射撃が得意なハヤトなら、連射しても狙いを外さない。ハヤトのサブマシンガンから放たれた霊子力のビームは、彼の正面から接近して来ていた数人の敵の足元を薙ぎ払った。

「コタロー！」

「待ってました！」

ハヤトの銃撃の結果を見ないうちに、ケンイチはグリーンシャイン——コタローに指示を出した。そしてコタローが小さな球体を投げたのと同時に、ハヤトに銃撃された数名の敵が通路の床に倒れ込む。するとそのすぐ後ろに居た兵士達が、倒れた兵士につまずきそうになり動きが乱れる。コタローが投げた球体はそこへ飛び込んだ。

バンッ
その爆発は小さく、大きなダメージを与える程ではなかった。また爆炎や煙を生じたりもしない。だがバランスを崩したタイミングで爆発を浴びた敵兵達は、堪えきれずにそのまま倒れた。そしてその更に後ろにいる兵達の動きがほんの一瞬止まる。

「ハアァァッ！」

そこへ襲い掛かっていったのがケンイチだった。

パンッ、ガッ、パパンッ
ケンイチは銃と剣を同時に使い、動きが止まった兵達を倒していく。

「コイツッ！」

だが二人だけコタローの小さな爆弾の影響を受けなかった敵がおり、飛び込んできたケンイチに銃を向けた。

キュンッ、キュンッ

「ぐわぁっ⁉」

「ど、どこからっ⁉」

「ここからよ」

しかし結局ケンイチは無事だった。ここまでのサンレンジャーの攻撃が派手だったおかげで、完全に敵の意識の外に居たピンクシャイン――――メグミがケンイチを撃とうとしていた敵を霊子力ビームライフルで攻撃したのだ。実はメグミは、ハヤトに次ぐ射撃の名手だ。本来のメグミは衛生兵なので、通常は敵と距離を取って戦う。その中で自然と鍛えられたのだった。

「ケンイチ君」

「ああ、分かってる！」

そしてケンイチはダイサクに守られて後退してくる。多くの敵を倒しはしたが、これが奇策の類であるのは明白だ。すぐに退かねば危険なのはケンイチの方だった。もちろん他のメンバーも援護に加わり、ケンイチとダイサクは無事に距離を取る事が出来た。

「流石サンレンジャーさん………すごく、強いですね」

晴海は攻撃魔法を放って自らも一人敵を倒しながら、サンレンジャー達の戦いぶりに感心する。サンレンジャーはまるで一つの生き物のように無理なく正確に連携していた。晴海はメンバー一人一人にならら勝てるかもしれないと感じていたが、自分が五人いてもサンレンジャーの五人には勝てないような気がしていた。しかも恐らく倒れた敵は死んでいない。結果的に死ぬ者も居るかもしれないが、殺そうとしてやった攻撃は一つもないのだ。子供達の夢を壊さない、ヒーローとしては満点の戦いぶりだった。

「こちらも負けていられませんね！」

孝太郎はＧＯＬが右肩のビーム砲を連射して敵部隊の動きを止めてくれている間に、自らも剣で敵兵を一人倒した。連携という意味では孝太郎と晴海にも自信がある。ここは驚くばかりではなく、自分達も頑張ろうというのが孝太郎の考えだった。

「はいっ、頑張りましょう！」

もちろん晴海も異論はない。普段は控え目な彼女だが、戦いの中に限れば孝太郎と晴海の絆を見せ付ける事は悪い事ではない。そんな彼女の前向きな気持ちに応えるように、彼女の額で剣の紋章が白く輝き始める。その輝きは彼女の髪の方にも広がっていき、その手入れの行き届いた黒髪を銀色に輝かせた。やがてその光は孝太郎が手にしているシグナルティンからも溢れ始める。

「俺達の姫様がやる気だぞ、シグナルティン！」

　孝太郎はシグナルティンを大きく振り被った。その瞬間、ほんの僅かな時間だが、敵の部隊の動きが止まった。青い鎧の騎士が、刀身を光り輝かせた銀色の剣を構えている。フォルトーゼの人間は、これを初めて見るとどうしても注目せざるを得なかった。

『流れ出でよ水の精霊！　吹き荒れよ風の精霊！　二柱の力を糧として、舞い踊れ氷の精霊！　煌めく氷雪、凍てつく霜風、静謐なる湖面を陽光反す鏡面と成せ！　輝き出でよ、湖面の鏡盆！』

　その僅かな隙を突き、晴海は呪文を詠唱した。使った魔法は床に平らな氷を張るだけのシンプルな魔法だ。だが戦闘中で常に足を動かしていて、しかも視線が孝太郎に向いている敵兵には、致命的な結果をもたらした。

「うわっ⁉」

「な、なんだぁっ⁉」

　晴海は急いで魔法を発動させたので、魔法の効果範囲にいた兵士の数は十名に届かなかった。だがその全ての兵士が氷で足を滑らせ体勢を崩した。中には転倒した者も少なくなかった。どちらにせよその十人近くの敵兵は、剣を振り被った孝太郎の目の前で身動きが取れなくなった。

「お見事、マイプリンセス！」

孝太郎は無防備になっている敵兵を思い切り薙ぎ払った。シグナルティンには事前に晴海が衝撃波の攻撃魔法を込めてくれていたので、兵士達は次々と跳ね飛ばされていく。そして彼らは拠点の床面に叩き付けられ、意識を失った。

「さあ、次はどいつだ⁉」

孝太郎は剣を中段に構え、強い言葉で威圧する。孝太郎らしくないやり口だが、戦場においてはこの手の脅しは良く効く。今は孝太郎とサンレンジャーが初手で多くの敵を倒した直後なので、特にそうだ。この状況を利用しない手はない。実際、この脅しは効いた。敵部隊は組織的な攻撃が出来なくなり、手にしている銃を乱射しながらじりじりと後退を始めていた。

「あまりうちの兵士を虐めないでくれないかね、ベルトリオン卿」

「………出て来たか、ラルグウィン」

だがこの男の登場と共に兵士達の後退が止まった。ヴァンダリオン派残党を率いる若き司令官、ラルグウィン・ヴァスダ・ヴァンダリオン。彼は叔父のヴァンダリオンを思わせる凶暴さと、冷酷な頭脳を併せ持つ。兵士達はそんな彼を信頼し、同時に恐れている。だから後退が止まった。ラルグウィンが居れば勝てる、後退を続ければ厳しい罰を受ける、その両方の理由からだった。

「状況は分かっている筈だ。降伏しろ、ラルグウィン」

今の時点でラルグウィンの唯一の勝機は、孝太郎達よりも先にドックへ入る事だった。自軍の拠点なので、それさえ出来れば数的有利を作り、兵や物資を逃がす事が出来ただろう。しかし彼らはそれに失敗した。このまま通路で孝太郎とサンレンジャーを相手に戦い続ければ、いずれ他の場所で戦っているティア達が援軍にやってくるだろう。下手をすれば拠点外にいるネフィルフォラン隊の予備兵力も雪崩れ込んでくるかもしれない。そうなってしまえば消耗戦になり、この戦いに勝てても、本来の目的を果たせるだけの余力がなくなってしまう。

「そういう訳にはいかない」

「全滅したいのか？」

「そうではない。まだ勝つ為の『思い切った手』が残っているからだ」

ラルグウィンの目は死んでいない。まだ勝つつもりでいる――――ラルグウィンの様子から孝太郎がその事を感じ取った瞬間だった。

「やれっ！」

ドンッ、ドドドドドンッ
敵味方を問わず、周囲で小さな爆発が連続して起こった。正確に言うと、爆発が起こったのは通路の壁だ。この通路は――――厳密には拠点全体が――――金属製の強固なフレームに壁や天井を嵌め込む形で作られている。地中にあるので強度が必要になるから必然の構造と言える。そしてこの爆発は、壁をフレームに固定しているボルトの所で起こった。この拠点には元々、証拠隠滅の為に自爆の為の機構が備わっている。ラルグウィンはその機構の一部を利用して、周囲数ブロックの壁を取り除いたのだった。

「……………流石にこれは予想外だった」

孝太郎は驚いた様子で辺りを見回す。爆発が小さかった上、敵味方双方が霊子力フィールドと空間歪曲場を持っているので、人的な被害はなかった。設計上、ボルトが破壊されると壁が真下に落ちるようになっていたのも大きい。実は建物を爆破して証拠を隠滅しようとする場合に、意外と壁が爆風の邪魔をしたり、支えになって崩れ切らない場合があった。それを避ける為の設計が生きた格好だった。

「私もだよ。戦はこんな事をせずに勝つのが正道だ。こんなものは軍略ではない。だが、おかげでこちらに勝ち目が出てきたのも事実だ」

ラルグウィンが壁を破壊したのはこの場所を広くする為だった。孝太郎達はこれまでT字路の辺りに居た筈だが、もはや周囲には通路らしさを感じさせるものはない。数本の柱が僅かな名残として残っている程度だ。T字路だった場所は周辺の幾つかの部屋と繋がって、一つの大きな空間になっている。部屋にあった設備が障害物として残ってはいるが、これまでよりもずっと多くの兵力を展開できるようになった。それは撤退の為に、一時的な数的優位を構築出来るという事だった。

「そうだな。だがお前がこういう男だと分かった以上、逃がす訳にはいかない」

孝太郎はそう言ってラルグウィンに剣の切っ先を向ける。ラルグウィンは孝太郎達の想像の上を行った。それは想像以上に危険な男であるという証明でもあった。ここで取り逃がせば、取り返しが付かない事になる。だから孝太郎は、絶対にこの場で倒すという決意を新たにしていた。

周囲の壁が取り除かれた事で、孝太郎達がいる場所は一つの大きな空間となっていた。そしてその空間の中には、艦艇の発着用ドックもあった。ラルグウィンが壁を取り除いたのはその為でもあったのだ。この状況では兵力で勝るラルグウィン達が孝太郎達を抑える事で、他の者達や物資がドックへ素通り出来る。兵士と研究者、そして物資を乗せた艦艇が次々と脱出していく事だろう。もちろんそこには霊子力兵器も含まれる筈だった。

「お前もすぐに逃げ出すのだと思っていたが」

「叔父の仇を討ちたいというのも嘘ではないのでね」

後方で味方が撤退を始めても、ラルグウィンは孝太郎と対峙したままでいた。この場所でぎりぎりまで孝太郎達と戦う役目、いわゆる撤退戦における殿を務めるつもりなのだ。口ではヴァンダリオンの仇を討つと言っているが、将来的な話としてはともかく、今は言うほどにはそれを考えていない。司令官が先に逃げれば殿の士気は大きく低下する。今の状況でそれが起こると全てを失う。ラルグウィンはそれが分かっているのだった。

「ラルグウィン、俺はお前を逃がすつもりは無い。ここで戦うというなら好都合だ」

「状況は逆転した。やれるつもりならかかってくるがいい」

今や時間はラルグウィンの味方だった。時間が経てば経つほど味方の兵力は増え、あるいは脱出していく。ラルグウィンの一派はここで孝太郎達を足止めするだけで良い。現状では無理して孝太郎を倒そうとする事がリスクとなる。兵力が多い事を利用して囲み、無理のない攻撃をするだけで構わなかった。

「そうさせて貰う！」

孝太郎達としては戦う以外に手がなかった。兵力差が如実に出てしまっているので、一点突破でラルグウィンを倒し、ヴァンダリオン派の残党を降伏させる。それ以外に勝つ方法が無いのだった。

「君が向かって来てくれるのは願ったり叶ったりだ」

ラルグウィンはここでも冷静だった。部下達に合図を送って部隊を三つに分けると、孝太郎の部隊に攻撃を開始した。ラルグウィンの部隊は前進してきた孝太郎の部隊に正面から当たる。残りの二隊は、側面から孝太郎の部隊を攻める。前に出て来る孝太郎隊を三方向から囲み、すり潰していく事がその狙いだった。

「お前を倒せば全て終わる！」

「そう思うね。だがそれまで君の兵達がもてばの話だが」

「クッ」

状況の悪さに、孝太郎の動きが止まりかける。この状況の一番の問題は、孝太郎と味方の兵達の実力に差があり過ぎる事だった。孝太郎がラルグウィンと戦う為に前に出てしまうと、孝太郎が大丈夫でも味方の兵達が一気に押し潰されてしまう。それによって味方の兵達を失えば、孝太郎は多くの敵兵に囲まれる事になる。幾ら孝太郎でもその状態では勝ち目がなかった。かといって味方の兵達を守る為に前に出なければ、ラルグウィン達の撤退が進むだけだった。

「男爵さん、あなたは前に出て下さい！　ここは俺達が何とかします！」

「サンレンジャー⁉」

「悩んでいる暇はありません！　一刻を争います！」

「そうだな、任せる！」

しかしケンイチの言葉が孝太郎を再び動かした。実のところサンレンジャーにも味方を支えられるかどうかは分からない。だが勝つ為にはやらねばならない。出来るかどうか、それを悩む時間さえ惜しい状況だった。

「桜庭先輩、行きますっ！」

「はいっ！」

ここは仲間を信じるべき時だ――孝太郎は思い悩むのを止めて、サンレンジャーに賭けた。そして晴海に一声かけてから、孝太郎は単独で前方の敵部隊に斬り込んでいった。晴海は後方からその支援にあたる。今のところ、勝つ算段はこれしかない。リスクは承知の上での大博打だった。

「青騎士も思い切った手を打って来たか！　面白いっ！」

ラルグウィンは言葉通りニヤリと笑うと、自らも剣を抜く。無論、ただの剣ではない。それは霊力を帯びた剣、埴輪達が接近戦で使う霊波刀と同じ仕組みの剣だった。作戦上はラルグウィンは勝てる筈だった。だが相手はあの青騎士だ。自信はあっても、勝てる保証はない。向かってくるなら、死力を尽くして討ち果たすべき相手だった。

「お前達では無理だ！　場所を空けろ！」

「しかしラルグウィン様――――」

「何度も言わせるな！　相手は青騎士だぞ！」

「わ、分かりました！」

ラルグウィンが部下に指示すると、孝太郎の目の前で敵の兵士達が左右に分かれ、場所を空ける。兵を正面から孝太郎にぶつけても、兵力を浪費するだけだ。それはこれまでの戦いで重々分かっている。兵を孝太郎にぶつけるのは、取り囲める時だ。つまり孝太郎が率いている部隊が半壊か、それに近い状態になった時がそうだった。

「俺を相手に剣で挑むとは……大した自信だな、ラルグウィン。………いや、何か隠し球があるんだな？」

孝太郎はシグナルティンを手に、兵士達が作った道を進んでいく。周囲からは兵士達の敵意と攻撃の狙いを示す霊力の線が突き刺さってくるが、今のところは実際に攻撃してくる様子はない。兵士達はラルグウィンに任せるつもりのようだった。

「御名答、流石は青騎士といったところか」

「頭脳派のお前が、その剣一本で俺をどうにか出来るとは考えていまい」

「剣にも自信はあるんだがな」

敵の兵士達に囲まれた状態で、孝太郎はラルグウィンと対峙する。そうしながら、孝太郎はラルグウィンとその周囲に気を配っていた。何か仕掛けがある筈だ。ラルグウィンが剣で挑んでくる原因となる仕掛けが。

──試してみるか……。

しかし周囲にはそれらしき気配はない。ラルグウィンはただ孝太郎に向けて剣を構えているだけだった。そこで孝太郎は試しに仕掛けてみる事に決めた。

『大丈夫でしょうか、何か狙いがあるのではありませんか?』

手の中のシグナルティンを介して、晴海の心配そうな声が伝わってくる。

──そう思います。なので準備をお願いします。

『はい、分かりました』

晴海との短い打ち合わせを済ませると、孝太郎はラルグウィンに向かって突っ込んでいく。だが全力ではない。何かがあると分かっているので、余力を残してあった。

「行くぞ、ラルグウィン!」

「来たか! 上手くいってくれよ!」

孝太郎を迎え撃つべく、ラルグウィンも前に出る。その手の中にある霊波剣の刀身が、怪しく輝いていた。ラルグウィンもまた孝太郎同様に動力付きの鎧を身に着けている。両者は人の限界を遥かに超えたスピードと力とで激突した。

ガキィンッ
孝太郎のシグナルティンとラルグウィンの霊波剣がぶつかり合い、火花を散らす。

「いける、いけるぞ！」

シグナルティンを受け止めたラルグウィンは彼にしては珍しく興奮した様子で笑顔を作った。これまで収集したデータからシグナルティンの威力は分かっていたので、この霊波剣なら受け止められるだろうという予測はあった。それでも実際にこうしてやってみるまでは、どうなるのかは分からなかった。最初の関門を無事に突破した、というところだろう。

――――どういう事だ？　何故止められた？

実はこの時、孝太郎も同じ事に驚いていた。だが驚いていた部分に関しては若干の違いがある。孝太郎が驚いていたのは、ラルグウィンの動きの方だった。孝太郎は早苗の霊能力の影響で反応速度が上がっている。だがラルグウィンはそうではない。しかも孝太郎はラルグウィンの攻撃の意思を読んで、それを掻い潜るように剣を振った。にもかかわらずラルグウィンは孝太郎の攻撃を防いだ。本来ならあり得ない状況だった。

「今度はこっちから行くぞ！」

ラルグウィンはそのまま反撃に出た。剣に力を込めて孝太郎を突き放すと、左腕を孝太郎に向けた。

すると左腕の装甲が一部展開して銃口が現れ、霊力の弾を素早く三連射した。だがラルグウィンの霊波を読んでいた孝太郎は、それを回避する――筈だったのだが。

ガキンッ、キュキュンッ

ガンッ

「ぐっ⁉」

発射された三発の霊力の弾のうち、最後の一発が孝太郎を捉える。命中したのは右肩。ＧＯＬのビーム砲が装備されている位置だ。孝太郎自身には怪我はなかったが、ビーム砲は破壊され、身体全体に大きな衝撃があった。

「やはりな、この方法なら貴様を捉えられる訳か。地球流の言い方をすると、コロンブスの卵という奴だな」

「そうか……お前は攻撃の一部を機械にやらせているんだな？」

「おや、もう気付いたのか。その通りだ。私が鎧を着ているのは、適宜システムに介入させる為なのさ」

ラルグウィンが鎧を着ているのは、体力を引き上げる為だけではなかった。ラルグウィンは自身の行動に鎧を介入させ、鎧そのものが行う攻撃を混ぜ込んだ。するとラルグウィンの意思を読んで回避しようとしていた孝太郎には、混ぜ込まれた鎧の攻撃は回避出来ない。ラルグウィンの意思ではないのだから当然だろう。今回の攻撃で言えば、三発目の攻撃だけが鎧の攻撃に置き換えられていた形だった。

――――ネフィルフォラン殿下と試合をしていなかったら危なかった……。

そして孝太郎がこの時点でラルグウィンのからくりに気付いたのは、ネフィルフォランとの試合の経験があったからだった。彼女が無意識に行う返し技などは、孝太郎も攻撃を読めなかった。その経験のおかげで、孝太郎は人間相手でも読めない攻撃は有り得るのだと知っていたのだ。

「という事は、さっき俺の攻撃を防いだのも鎧のおかげか」

「そういう事だ。私が追い切れない攻撃に関しては、鎧が介入して勝手に防御する。人よりマシーンの方が速いのは明らかだからな」

霊子力技術の優れた点として、ラルグウィンが何をしようとしているのかを鎧が理解しているという点だった。だからもし鎧が孝太郎の攻撃を感知しているにもかかわらず、ラルグウィンがそれを防ぐ意思を見せていない場合は、鎧は自動的に腕を動かして攻撃を防ぐ。武器以外の、見えない部分にも霊子力技術は導入されていたのだ。

「随分簡単に秘密を教えてくれるんだな？」

「秘密には二種類ある。知られると対策されてしまうものと、知られても対策出来ないものだ。今回は後者にあたる」

「それで勝てると思っているのか？」

「思わないが……少なくとも消耗戦には持ち込めるだろう。君相手にそこへ持ち込めれば十分だ。今の状況なら特にな」

ラルグウィンの言葉は事実だ。この状態では孝太郎は強引に攻められない。そして孝太郎とラルグウィンの戦いが消耗戦になれば、ラルグウィンに勝ち目が出て来る。孝太郎の部隊が半壊かそれ以上になれば、安心して孝太郎を取り囲む事が出来るのだ。孝太郎は強いが、流石に四方八方から攻撃されても平気という訳ではない。そうなればラルグウィンの勝ちだった。

「それに――――」

「くっ⁉」

ラルグウィンの話の途中で不意に襲ってきた、明確な殺意が込められた霊波の線。孝太郎は反射的に回避する。

バキンッ

しかし間に合わない。今度は左肩。どこからか飛来した霊子力ビームに、ＧＯＬのバリアー発生装置が撃ち抜かれていた。

「ほう、それもかわすのか。どうやら君の伝説は全て真実のようだな」

「そうだった、狙撃手がいる事を忘れていた……」

この時、孝太郎を撃ったのは狙撃手のファスタだった。しかも孝太郎が攻撃を察知してから実際にビームが飛んでくるまでの時間はほんの僅かだった。ファスタの狙撃銃もラルグウィンの鎧と同じ機能を備えている。ファスタが照準を合わせて引き金を引く意思を見せた段階で、銃が先を読んで勝手に発砲する。人間は脳が命令を出してから実際に筋肉が反応するまでに〇・二秒から〇・三秒の時間を要するが、この方法ならほぼ〇秒で発砲できる。孝太郎が回避し切れなかったのはそれが原因だった。

「ファスタ、その調子で続けろ。今度は斬り合いの最中を狙え」

『了解』

「面倒な事になってきた……」

孝太郎はそう言いながら再び剣を構える。今の狙撃は会話の最中だったから何とか直撃は避けられたが、ラルグウィンとの斬り合いの最中に狙撃されたら、果たしてどうなるだろうか。孝太郎は嫌な予感がしていたが、それ以上考えるのは止めにした。もはや考え事をしている余裕はなかった。


孝太郎とラルグウィンの戦いの勝敗は、それぞれの部下達の戦いぶりに委ねられたと言っても過言ではないだろう。単純な兵力で言えば、ラルグウィンの一派の方が有利だ。倍以上の兵力と、それを生かすだけの広さがこの場所にはある。しかもラルグウィンが配置変更の指示を出しているので、兵力はこれからも増えるだろう。

「済みません、桜庭教官。本当なら男爵さんの応援に行きたいでしょうに」

「こちらが負けてしまえば里見君もおしまいですから。それにここからでも何とか、支援は出来ます」

孝太郎側の兵士達にとって有利だったのは、サンレンジャーと晴海が一緒にいる事だった。サンレンジャーは単純に頼りになった。彼らの強さを生んでいるのは実戦で鍛え上げられたチームワークで、そこにはまるでショーを見ているかのような美しさがあった。

「実を言うと僕達は教官が一緒で心強いです」

「コタローさん、今はもう教官じゃありませんよ」

「僕(ぼく)らにとってはいつまでも教官です」

そして晴海の存在は、サンレンジャーと皇国軍兵士、双方にとって心強いものだった。晴海はかつて魔法というものがどんなものなのかをサンレンジャーに教えに行っていた事がある。だからサンレンジャーは晴海がどれだけ強いかを良く知っていた。

「ハルミ殿、指揮をお願い致(いた)します」

「でも私は………」

「作戦などは私が補佐(ほさ)させて頂きます。我々皇国軍にとっては、貴女(あなた)が指揮を執(と)る事に意味があるのです」

「………分かりました、やってみます！」

晴海はいつも孝太郎が連れている少女で、シグナルティンを操(あやつ)る力と、魔法を行使する力を持っている。そしてそれらを使って戦っている時は、額に白い剣の紋章が浮(う)かび上がり、髪の毛が銀色に輝き始める。そうした事全てが、フォルトーゼで生まれ育った者に、ある人物の事を思い起こさせる。その晴海が指揮を執る。晴海は孝太郎の騎士団(きしだん)の人間なのでそうなって当然ではあるのだが、兵士達の士気は一気に上がった。かの騎士に続き、かの姫(ひめ)が帰って来た、そんな風に思えたからだった。晴海はそこに多少思うところがあったが、命懸けで戦う人達の勇気になるならと、あえて引き受けた。断った上で同じだけ勇気を与える方法など、晴海には分からなかったから。

「では改めて……この場にいる全ての兵士に申し渡す！　規模は小さかろうと、フォルトーゼ本国を守る戦いと心得よ！　敵は再度の内乱を起こさんとする者達である！」

他の事は分からなくても、晴海はかの姫のように振る舞う方法は知っていた。そして晴海がそのように振る舞う事が、フォルトーゼの兵士達の心に火を点けた。

「先を行くレイオス様の背中を守れ！　攻撃開始！」

『ウオォォォォオオオォォォォォッ！』

単純な人数で言えば、たかだか四十名ほどの兵力である。だがこの時の晴海の言葉に応えた彼らの咆哮は、天地を揺るがさんほどの大音声だった。それはそのまま彼らの士気の高さを意味する。そしてその天井知らずの士気を糧に、彼らは奮戦し始めた。

「ケンイチ兄ちゃん、なんだか知らないけど、後ろの人達が盛り上がり始めたよ！」

「この際何でも良い！　ともかくこれなら戦える！　ハヤト、皇国軍の人達が前のめりになり過ぎないように抑え込め！　ダイサク、霊子力フィールドの中心地点を彼らに合わせて動かせ！」

「兄ちゃん僕は⁉」

「メグミと一緒に桜庭教官を守るんだ！　彼女がこの戦いの要だ！」

「わかった！」

「任せて、ケンイチ君！」

当初はほぼ同数で始まったこの戦いも、今では倍以上の敵に囲まれる不利な展開となっていた。だが兵士達の士気は高く、サンレンジャーと晴海の支援もある。すぐに押し潰される心配はなかった。それは一人ラルグウィンと戦う孝太郎にとって、大きな朗報と言えるだろう。

『燃え上がれ、炎の精霊！　渦となれ、風の精霊！　二柱の力を疾く合わせ、天地を焦がす紅蓮の嵐と成さん！　灰燼に帰せ！　火焔の大嵐！』

晴海の高らかな呪文の詠唱と共に、炎の渦が姿を現した。それは晴海の意思に従って動き、ラルグウィンの兵士達に襲い掛かった。炎の渦は範囲を広げながら敵兵の前列を蹂躙していく。だが広い範囲への攻撃を行っているので、ダメージ自体はそれほど大きくはない。この魔法それ自体で倒した敵は数人だろう。しかしこの魔法のおかげで敵の勢いが弱まった。やはり炎で視界を塞がれると、人間はどうしても本能的に怯んでしまう。

「今だ、ラインを上げるぞ！」

晴海が作った隙を見逃さず、副長が兵士達に前進を指示した。兵士達は銃撃をしながら前進していく。敵が炎に怯んでいるうちに、これまで使っていた遮蔽物から、少し先の遮蔽物へ移動したいのだ。防衛戦なら動く必要はないが、今は先を行く孝太郎の背中を守らねばならないし、彼らにはもう一つやらねばならない事があった。

「……………思ったより撤退していく人達の動きが速い！　サンレンジャーさん、何とかなりませんか!?」

銀色の髪をなびかせ炎の渦を操りながら、晴海は幾らか焦った様子でサンレンジャーに呼び掛ける。晴海の目には敵兵の後方、ラルグウィンと戦う孝太郎の更に向こう側で、撤退していく者達の姿が映っていた。彼らは自分達の艦艇に武器や物資、研究装置などを大急ぎで積み込んでいる。それらが飛び立ってしまえば、この戦いはほぼ無駄になる。規模は小さくなるだろうが、別の場所で再起されてしまっては困るのだ。

「すみません、教官！　こっちも手一杯で！」

「兄ちゃん、僕らが行こうか!?」

「駄目だ、お前とメグミは絶対にそこから動くな！」

晴海としてはサンレンジャーに撤退していく敵兵の邪魔をして欲しかった。だが頼みの綱のサンレンジャーは目の前の敵の対応に手一杯だった。幾ら味方の士気が高かろうと、敵の数が多いという事実に変わりはない。今サンレンジャーがこの場を離れれば、皇国軍兵士達は総崩れになりかねなかった。

――――かといって、わたくしが前に出てしまう訳にもいかないし……いったいどうしたら⁉

顔には出さなかったが、晴海はこの時頭を抱えていた。魔法が使える晴海なら、撤退していく敵兵士達の邪魔は出来る。しかし晴海は正規の戦闘訓練を受けている訳ではないので、そこには非常に大きなリスクがある。ケンイチがコタローとメグミを動かさないのはそのリスクを考えての事なのだ。しかも今は晴海が士気の柱。兵力で負けている以上、晴海が倒れる事はそのまま皇国軍兵士達の敗北を意味していた。晴海はそれが良く分かっていたから、身動きが取れなくなっていた。この時ばかりは同じ皇女でも単独で戦えるティアが羨ましくてならなかった。

「まずいぞケンイチ！　このままだとフォルトーゼの人達が踏ん張っても、手遅れって事になりかねん！」

ブルーシャイン――――ハヤトの目にも今の状況は厳しいものとして映っていた。この状況を覆す思い切った手が必要だった。

「一人だけなら何とかなるかもしれん。俺が行く！」

「待てハヤト、一人じゃ自殺行為だ！」

「だが何もしなければ、ここまでの事が無駄になるぞ！」

ハヤトもそれが自殺行為である事は重々理解していた。しかしハヤトはそれでもなお必要だと思うのだ。それ程に、敵に撤退を許す事を危険だと考えていた。秋にはフォルトーゼからより多くの人がやってくる。そこへテロ攻撃でもされたら――――そう思うと、ハヤトは危険を承知でやらねばならないと思うのだった。

「だったら俺が行く！　お前は接近戦向きじゃないからな！」

「しかしお前はリーダーなんだぞ!?」

「お前にはリーダーの代わりは出来ても、接近戦は出来ない!!　そうだろう!?」

どうせやるなら確実な方を。一人で向かえば間違いなく取り囲まれる。剣より銃、銃なら狙撃用、遠距離戦が得意なハヤトには荷が重い。そして常に参謀的なスタンスでサンレンジャーを支えてきたハヤトなので、リーダーの代わりなら出来る。向かうのはケンイチが良い。剣と銃双方を使って、近距離で戦うタイプだからだった。

「くっ………」

「コタロー、幾つか爆弾をくれ！」

「ケンイチ兄ちゃん、本気なのか!?」

「ハヤトが言っていた事は正しい！　今行かないと手遅れになる！」

「落ち着くんだ、ケンイチ君！」

「ダイサク⁉」

剛腕で敵を投げ飛ばしたダイサクの言葉に、一瞬だけケンイチの動きが止まる。だが、すぐにまた動き出した。迷っている時間はないのだ。

「ごちゃごちゃやってる暇は無い！　今行かなくちゃならない！」

「誰も行く必要はないよ。これを使って」

ダイサクはケンイチに小さな装置を差し出した。それは自転車のグリップのラバー部分だけのような形状をしていて、端には透明なカバーがかけられたスイッチがあった。それを見たケンイチは目を見張った。

「これは⁉」

「ごちゃごちゃやってる暇は無い………そうだよね、ケンイチ君？」

ダイサクの言葉は不思議と静かだった。それを聞いたケンイチは小さく苦笑するとダイサクからその装置を受け取った。

「その通りだ、ダイサク」

そしてケンイチは透明なカバーを外すと、何故か正面ゲート方向に目をやった。

「………済まないな、お前の初陣だったというのに。本当に済まない………」

ケンイチはそこに居る筈の何ものかに詫びると、装置のスイッチを押した。

遠くから狙撃手のファスタが狙っているので、基本的に孝太郎は動きを止める訳にはいかない。だからその時に孝太郎が試したのは腕力勝負だった。孝太郎自身の力に霊力と魔法、鎧の力を全て上乗せして全力の一撃を放つ。これは腕力で圧倒すれば防がれてもラルグウィンを弾き飛ばせるから、孝太郎の動きは止まらずに済むのではないか、という計算からだった。

「それが分かっていてまともに組むと思うか、青騎士ィッ！」

「組んでくれないだろうな！　だからこそっ、これで――」

孝太郎は左手に意識を集中させると、そこに埋め込まれたキリハの籠手の力を使って、火炎の弾を発射した。

「しまった、それがあったか!!」

ラルグウィンは反射的に剣で火炎弾を弾き飛ばす。どちらも霊子力兵器なので、そこまでは可能だった。問題はその後だった。

「ハアアアアアアアアッ!!」

裂帛の気合と共に孝太郎の剣が振り下ろされてくる。本来ならそれを受け流す筈だった剣は火炎弾の防御に使ってしまった。慌てて引き戻しても、まともに剣で受け止める形になる。それでは孝太郎の狙い通りになり、身体ごと吹き飛ばされてしまうだろう。

ズドォォォオンッ
だが、異変はまさにその時に起こった。突然、拠点全体を揺るがすような大きな爆発が起きた。その直後、孝太郎とラルグウィンが戦っているあたりを爆風が通り過ぎていく。異常を悟った孝太郎は攻撃を止め、大きく距離を取る。ラルグウィンの側もそうで、剣を構え直してバリアーの作動を改めて確認し、慌てた様子で周囲を見回した。

「ファスタ！　今の爆発は何だ⁉　何が起こっている⁉」

『ほんの一瞬ですが、大きな水柱が見えました！　どうやら水路の中で何かが爆発した模様です！』

「水路だとっ⁉」

そうしてラルグウィンが驚愕して表情を歪めた時、孝太郎の方にもこの爆発に関する情報が伝わってきた。シグナルティンを介しての、晴海からの連絡だった。

『里見君、サンレンジャーさん達がここまで乗って来た乗り物を爆発させて、外へ繋がる水路を崩してくれました。これでこの場所からは誰も逃げられません』

「そういう事だったのか！」

しばらくぶりの朗報に、孝太郎の表情と声が自然と明るくなる。サンレンジャーがやった事は、彼らがこの場所に来る為に乗っていた潜水艇――――サンダイバーを自爆させる事だった。正面ゲートと艦艇用ドックは、水路によって繋がれている。サンレンジャーはその水路をサンダイバーの自爆で崩落させたのだった。

『余力がない状態で、敵の撤退が思ったより早くて……決断して下さったようです』

「やるなサンレンジャー、思い切った手を……」

もちろん新装備のサンダイバーを自爆させてしまえば、その損失はとても大きい。一度しか使わずに自爆させればその後の運用に支障を来すし、そもそもサンダイバーは合体時に脚になるパーツでもある。だからサンレンジャーは非常に大きな手を打ったと言える。それほどまでに撤退を危険視し、そして味方の人的損失を危険視したのだった。

「やってくれたな……青騎士」

少し遅れてラルグウィンにも同じ情報が伝わる。こちらは流石に自軍拠点なので、既に水中の状況についての詳細な報告が入って来ていた。一刻を争う事態なので、無人機を突入させて強引に情報収集を行ったのだ。

「私がやらせた訳ではないがな」

「優秀な部下がいるんだな。ともかく……これで我々には後がなくなった」

無人機からの報告によれば、先程の爆発による水路の被害は大きく、通行不能であるという事だった。天井が崩落しただけでなく土砂崩れも併発、魚ぐらいは通れるが、ラルグウィン派の艦艇が通れるような状況ではなくなっていた。それはつまり、撤退は出来なくなった、という事を意味していた。

「とはいえ……青騎士、お前達は自分達の首を絞めたのかもしれないぞ？」

「かもしれないな。それでもお前達の野望がここで終わるなら、その価値はある」

撤退が出来なくなったという事は、全兵力を戦闘に使うという事でもあった。今から正反対の位置へ移動し、搬出入口から脱出するというのは難しいからだ。そして今の状況が何を意味するかというと、ラルグウィンの野望の崩壊だった。

「せめて叔父の――ヴァンダリオンの仇討ちだけでも果たそう」

「降伏は出来ないのか、ラルグウィン」

「ここで貴様を倒す事が出来れば、か細いながらも道は残る」

青騎士の死、それはフォルトーゼを揺るがす大事件となるだろう。その期に乗じてテロ攻撃を企て、社会を不安定にする。青騎士の力の謎を全て解いてはおらず、この戦いで霊子力技術を失った状態でそれを行っても成功率は高くないだろうが、全くのゼロという訳ではない。ラルグウィンはまだ諦めてはいなかった。

「だったら全力で叩き潰すまでだ。お前の叔父にそうしたように」

「やってみろ！　この兵力差で勝てるつもりならな！」

この拠点での戦いに限れば、依然として有利なのはラルグウィン達だった。撤退が出来なくなった事で、再び兵力の全てが戦闘に振り向けられた。しかも撤退しようとしていた者達がそのまま戦闘に加わるので、これまで以上にドック周辺に兵力が偏っている。孝太郎を倒すという目的は、決して絵空事ではなかった。

「我々を甘く見ると後悔するぞ」

「後悔する程の時間はかからん!!」

先に仕掛けたのはラルグウィンの方だった。厳密に言うと後方から孝太郎を狙っているファスタの狙撃だ。攻撃の意思が見えた直後に霊子力ビームがやってくる訳だが、来ると分かっていれば防ぎようはある。左手の籠手に霊力を集めて盾を作るのだ。籠手は元々は火炎や雷撃を作る武器だが、それは霊力を帯びた火炎と雷撃なので、発射せずに盾に使えば良いという訳だった。

ゴッ

孝太郎の左腕に殴り付けられたかのような衝撃が走る。霊力の盾を作った事で、実際のダメージはない。被害はその衝撃だけだった。

「よく防ぐ！　だがそろそろ限界が近いのではないか⁉」

そこへラルグウィンが斬りかかってきた。孝太郎は左腕で狙撃を防いだ直後なので、ラルグウィンの斬撃に上手く対応出来る姿勢ではない。後方へ下がりながら右腕で剣を操ってラルグウィンの剣を弾く。

――まずい、一手足りないか⁉

しかし下がり気味のせいで剣を弾く力が弱い。ラルグウィンを押し返すには至らなかった。この状態でも、ＧＯＬが射撃出来れば問題はなかった。だがＧＯＬの武器は既に沈黙している。そこで孝太郎は他の手を考えねばならなかった。

「死ねぇっ、青騎士ィイイイッ‼」

ラルグウィンの二撃目が迫っていた。しかもこれ以上下がると、そこには一瞬後にファスタの狙撃が来る。絶体絶命の危機だった。

「ええいっ、空間歪曲　場出力全開！」

『仰せのままに、マイロード』

「そしてぇっ！」

ドンッ
孝太郎は左腕に霊力を込めて火炎を作ると、発射直後に爆発させた。その爆発は空間歪曲場ごと孝太郎を跳ね飛ばした。火炎の爆発を風に、空間歪曲場を船の帆に見立て、強引に右へ移動したのだ。

「グゥッ、効いた……」

『アラートメッセージ。合計八ヶ所のモーターが作動不良、機動力がおよそ八パーセント低下』

鎧の警告を聞きながら、孝太郎は剣を杖のように使って身体を起こした。ラルグウィンの霊波剣を浴びるよりはマシだが、やはりダメージは少なくなかった。鎧を動かしているモーターが少し調子が悪くなってしまっていた。また孝太郎自身にも全身に痛みと、視界が狭まったかのような感覚があった。だがだからといってじっとしている訳にはいかない。爆発で生じた炎が視界を塞いでくれているのでまだ狙撃は来ないが、孝太郎は足を動かし続けなければならなかった。

「私の剣の直撃よりは、自分でコントロールできる爆発か……。分かっていてもなかなか出来ない、思い切った手だ。叔父が倒された理由がよく分かる」

孝太郎の動きはほんの一瞬だけ止まっていたが、ラルグウィンは攻撃してこなかった。

ラルグウィンも爆発を浴びていた事と、爆炎のせいでファスタの位置からは孝太郎が見えていない為だった。

――相手は青騎士だ。確実に勝てる状況であっても、なお危うい………。

ラルグウィンは孝太郎を見縊らない。そこがヴァンダリオンとの決定的な差だった。そして実際、ここで孝太郎に斬りかかれば危なかったかもしれない。孝太郎は両手で剣を握り締め、カウンターの突きを狙っていたのだ。

「しかし状況は更に悪くなったぞ。その籠手を操る霊力とて無限では無かろう。鎧の動きも鈍ったようだな。もう一度同じ事は出来まい！　どうする青騎士よ⁉」

「どうもこうもない。信じて戦うだけだ」

「何を信じる⁉　あそこでやられそうになっている味方の兵士達をか⁉」

ラルグウィンが再び攻勢に出た。時間が経って爆炎が消え、ファスタの位置から孝太郎の姿が再び見えるようになったのだ。

「それだけでは足りない！　信じるべきものは、もっと大きなものだ！」

孝太郎もラルグウィンを迎え撃つべく前に出る。そんな孝太郎の意思に応えるかのように、シグナルティンが輝きを増した。

『お待たせしましたっ、里見さんっ！』

『準備完了よ！』

　そんな時だった。剣の輝きの向こう側から、ゆりかと真希の声が聞こえて来た。それは孝太郎がずっと待っていた瞬間だった。

「すぐにやってくれ！」

『はいっ！』

『リリース・ディレイ！』

　二人はそれぞれ一つずつ、魔法を待機状態にしていた。そして二人は孝太郎の指示に従って、待機状態の魔法を解放した。

「今更何をやろうというのだ、青騎士よ！」

「ちょっとした事さ。だが、今はそれで十分だ！」

「ウッ⁉」

　次の瞬間、ラルグウィンの身体に二つの異常が生じた。一つは全身の痺れ。だがこの痺れは耐えられない程ではなく、そのまま動き続ける事が出来た。もう一つは右手に生じた違和感だった。これもそう強いものではなかったが、機械のギアに砂が入り込んだ時のような嫌な違和感だった。そしてこの二つの出来事が、ラルグウィンのペースを乱した。

「ハアアアアアアアアアアッ‼」

そこへやって来たのが孝太郎だった。孝太郎はシグナルティンを振りかざし、動きが乱れたラルグウィンに迫る。だがもう少しというところで遠方からの攻撃の意思が孝太郎に突き刺さった。

「例の狙撃手⁉　が、しかしっ‼」

だが孝太郎はそれを無視してラルグウィンに剣を振り下ろした。それにほんの僅かに遅れて霊子力ビームが飛来する。

ガキィィッ

だが命中したのはシグナルティンだけだった。霊子力ビームは孝太郎を掠めて通り過ぎ、何もない床を焼くに留まった。

「ぐあああぁぁぁぁぁっ！」

シグナルティンの直撃を受けたラルグウィンは大きく弾き飛ばされた。この時のシグナルティンは晴海が雷撃の力を与えていたので、ラルグウィンの鎧は煙を吹いて機能を停止した。無論ラルグウィン自身も雷撃を浴びて大きなダメージを受け、身動きが取れなくなってしまっていた。

「い、一体何が………」

ラルグウィンは自分が何故負けたのか、理解出来ずにいた。理由は直前の身体の痺れや腕の違和感なのは分かる。しかしそれがどうして起きたのかが分からなかった。

「忘れたのか？　ウチにはこの手の特別な攻撃のエキスパートがいるって」

「……そうか、効果の弱い化学兵器を拠点内に散布……閉鎖空間だから……自分達は予防薬か何かで……くそっ……」

　孝太郎は特別な攻撃のエキスパートと言ったが、もちろんこれはゆりかと真希の魔法によるものだった。この言い方のせいでラルグウィンは化学兵器のエキスパートと勘違いしたが、孝太郎はあえてそれを訂正しなかった。

ゆりかと真希が使ったのは、広域化した魔法だった。ゆりかは身体が痺れる魔法で、真希は右手に違和感が出るだけの心理操作の魔法だ。孝太郎が率いる部隊がいるあたり全体を効果範囲に収めねばならなかったので威力は下がり、また呪文の詠唱にも時間がかかった。発動した魔法は弱く、味方は事前に渡したちょっとした護符で完全に効果を防ぐ事が出来る程度のものだ。敵の方も大半が効果に耐えただろう。実際ゆりかの魔法で完全に動けなくなった者や、真希の魔法で武器を取り落とした者は、およそ三分の一ほど。大半が不完全な効果しか受けなかった。

　だが練度が高い兵士達同士の戦いでは、その不完全な効果こそが命取りだった。互いの隙を狙い合う状態で、不完全ながらも身体が痺れ、腕に違和感を覚える事がどれだけ危険か。しかも仲間の三分の一には完全な効果が出て大混乱に陥っている。この状況で動揺せずに戦い続けるのは不可能に近い。実際ラルグウィンは動きを乱して攻撃を受け、ファスタも狙撃を外した。他のヴァンダリオン派残党の兵士達も同じで、魔法の効果が続いていた三十秒ほどの間に大きな損害を受けていた。

『正確にはわらわ達の突入タイミングを作る為だった訳じゃが』

『ティア殿と静香の力をもってしても、部隊が隘路――――狭い道から広い場所へ出る時に狙い撃ちにされるリスクは無視できない。必要な措置だ』

『正直、バンバン撃たれるのって怖いのよね。だから助かっちゃった』

実はキリハが本当にやりたかった事は、広い場所で戦う孝太郎達に援軍を送り込む事だった。敵の動きに気付いたキリハ達は、目の前の敵を排除すると大慌てでドックへ向かった。敵の数が減っていたので、排除自体は難しくなかった。もちろん途中で何度か妨害にはあったが、これも問題はなかった。だがそのままドックへ飛び出してしまう訳にはいかなかった。ドックより狭い通路を通る関係上、ドック側から通路内に攻撃を受けると大変な被害が出る。なんらかの手段でラルグウィン一派を混乱させ、キリハ達がドックへ飛び出す隙を作らねばならなかった。その為の魔法が、幸運な事に孝太郎の戦いにも有利に働いた。あるいはラルグウィンの不運だろう。

『もう大丈夫だかんね、孝太郎！　早苗ちゃんにお任せなのです！』

『サナエ、一人で行っては危ないですわ！　パルドムシーハ！』

『はい、無人機隊を向かわせます！』

　ゆりかと真希の魔法は期待通りの効果を挙げた。念の為に全部隊に持たせてあった護符も役に立った。本来はラルグウィン達が、万が一魔法に手が届いていた場合に備えた保険であった訳だが、それを利用して味方ごと攻撃する事が出来た。そしてキリハ達は予定通り兵を進める事に成功し、今はドックで交戦中だった。それが奇襲としても機能していたので、戦況は孝太郎達側に大きく傾いていた。

『ネフィルフォランです。ベルトリオン卿、狙撃手の部隊を排除しました』

「助かった、ありがとう」

『いえ、これが我々の仕事です』

　そして戦いの勝敗を決定付けたのが、ネフィルフォラン隊だった。彼女達は搬出入口での攻防に辛うじて勝利すると、予備戦力を編入して拠点内へ突入。そのおかげでキリハ達は背後を気にする事無くドックへ向かう事が出来た。またゆりかと真希が大きな魔法を使う事が出来たのも、ネフィルフォラン隊が守ってくれればこそだった。

　もちろんネフィルフォラン隊はそこでは止まらなかった。彼女は部隊内の最精鋭を連れてドックへ向かい、ファスタの部隊と交戦を開始した。今も交戦中で、倒すところまでは至っていないが、ドックから後退させる事には成功していた。おかげでこれ以上、孝太郎達が遠距離攻撃に悩まされる事はないだろう。

「お前達の負けだ、ラルグウィン」

「認めざるを得んな。よもや、仇討ちさえ果たせんとは………」

ラルグウィンはここで敗北を認めた。鎧が動かなくなり、ファスタが後退した以上、このまま戦い続けても結果は目に見えている。ラルグウィンが勝てる可能性は全くなくなってしまった。ラルグウィンは悔しそうに表情を歪めながらも、敗北を認めた。どんな時も常に冷静であったラルグウィン。負けた事を悔しがってはいたが、この時も判断は冷静だった。

「………全軍に通達。全ての戦闘行為を終了し――――」

そしてラルグウィンが味方へ降伏を告げようとした、正にその時。再びドックに異変が起こった。灰色の霧とも煙ともつかない何かが、突如としてドック全体に充満。孝太郎達の視界を奪った。

「なんだ!?　クラン、何が起こってる!?」

『わたくしにもわかりませんわ！　センサーやレーダーも妨害されていますの！』

『孝太郎、アレが来てる！　気持ち悪い灰色のぐるぐる！』

「なんだって!?」

　早苗が言う灰色のぐるぐるとは、かつてヴァンダリオンやダークパープルが利用していた混沌の渦の事だ。混沌の渦は人間の邪悪な意志を吸って際限なく力を吐き出す、非常に危険な代物だ。早苗は視覚やレーダーを妨害しているこの霧のような何かから、その混沌の渦の力を感じ取っていた。そしてもしこれが何らかの攻撃であったとしたら――早苗はそれを恐れている。それは孝太郎も同じ意見だった。

「みんな気を付けろ！　あの渦があるなら、いつ攻撃が来てもおかしくない！」

　視界は塞がれていたが、孝太郎は万一の事態に備えて身構えた。霧とも煙ともつかない灰色の何かからは、人の気配が感じられる。それが霧自体のものなのか、それとも単純に敵の兵士達のものなのかは分からない。どちらにせよ警戒は必要だった。

「………ん？」

　灰色の霧のようなものが現れてから、およそ一分が経過した頃。孝太郎達の視界を塞いでいたそれが、少しずつ薄れ始めた。

『コータロー、薄れ始めたようじゃぞ！』

「下手に動くなよ、ティア！　せっかちなお前が一番危ない！」

『分かっておる！　ここまであからさまでは、無茶(むちゃ)は出来ん！』

　敵に動きはない。灰色の何かも、孝太郎達を害するような事はなかった。早苗が感じ取っている混沌の渦も、孝太郎達とは距離を取ったままだった。

「……なんだこれはっ⁉」

　だが、たった一つだけ起こった事があった。それが分かったのは、灰色の何かが完全に消え去った時の事だった。

「ラルグウィン達が居ない⁉」

『そんなバカなっ⁉　あれだけの人数をどこへやったというのじゃっ⁉』

　灰色の何かが消えた時、ドックには孝太郎達と皇国軍の兵士の姿しかなかった。孝太郎は最初、それを見間違(みまちが)いだと思った。だが少女達も同じものを見て戸惑(とまど)っていたから、見間違いではないと分かった。ラルグウィンとその兵士達は、灰色の何かと共に、忽然(こつぜん)とその姿を消したのだった。

賭けの勝者　六月十九日(日)

　ラルグウィン達ヴァンダリオン派の残党は、戦いの決着が付こうかという時に姿を消した。その後、孝太郎達が彼らの拠点を調べた結果、幾つかの事実が明らかになった。

　姿を消したのは、あの時ドックの周辺に居た兵士達だけだった。具体的にはラルグウィンが率いていた主力の戦闘部隊と、ファスタが率いていた遠距離攻撃専門の部隊、そして撤退の為に物資や実験機材を持ち出そうとしていた部隊。厳密な数字は分からないが、二百から三百名ほどになるという事だった。他の場所の兵士達に関してはそのまま拠点に残っており、ラルグウィン達が姿を消して程なく降伏した。人数的には残った者の方が多かったのだが、やはり指導者を欠いては戦い続ける事は出来なかった。

　また人員以外にも、あの時ドックに集められていた物資や実験機材が消えていた。そこから推定されるのは、ラルグウィン達は何らかの手段で撤退したのだろう、という事だった。彼らは水路が破壊されて不可能と思われた撤退を、別の手段でやり遂げたのだ。孝太郎達と区別し、ラルグウィン達と物資や機材のみを器用に消しさった事を、それ以外だと考えるのはやはり無理があった。

「……問題は、彼らがどうやって消えたのか、という事だろう」

　戦いが終わり、孝太郎達は釈然としない気持ちを抱えて一〇六号室へ戻ってきた。それからしばらくして、拠点全体の調査を行っていたネフィルフォランから連絡がきた。キリハはその連絡の内容を孝太郎達に説明していたのだが、ラルグウィン達が消えた手段だけは彼女にも説明が出来なかった。キリハは普段あまり見せない、深刻そうな顔で考え込んでいた。

「普通に考えると、魔法かなぁって思うんだけど」

　視界や探知を無効にし、その隙に兵員と物資や機材を消す。それを可能にするのは魔法ぐらいではないか――静香は全員分のお茶を淹れながら、シンプルにそう考えた。

「でもあれが魔法であったなら、あの場所には痕跡が無さ過ぎるんです。私達が使った魔法の痕跡しか残っていませんでした」

　だが静香の考えはすぐに真希が否定した。実はラルグウィン達が消えた直後、孝太郎達はその原因を探るべくドックを一通り調査した。真希やゆりかが魔法で、クランやルースが科学で、早苗やキリハが霊力で、といった具合だ。だがどの能力や技術でも、ラルグウィンの一派が消えた理由が分からなかった。真希が言うように、何も痕跡が残っていなかったのだ。

「そーですねぇ、私や真希ちゃんに分からないレベルで痕跡を消すのってぇ、とっても難しいと思いますよぉ」

仮に魔法を例に挙げると、通常魔法を使えば、使った場所に魔力が残留する。それを分析すれば何の魔法が使われたのかが分かる。残留した魔力をカモフラージュする魔法もあるのだが、やはり細かく見ていくとカモフラージュの魔法の魔力が残留してしまう。ゆりかのようなアークメイジ――――最上級の魔法使いが使う分析の魔法なら、その痕跡を見付ける事が出来る筈だ。なのに見付からない。ラルグウィン達が消えた理由が魔法であるなら、ありえない状況だった。

「魔法でないなら、やっぱり早苗が言っていたあれかも知れないな。灰色のぐるぐる、ええと、混沌の渦だったかな……？」

孝太郎達はこれまで、何度かその存在と交戦した事があった。それは渦を巻く灰色の何か。ダークパープルの時は魔法で召喚したようだったが、タユマの時は霊子力技術に惹かれて現れた。そしてヴァンダリオンの時は真竜弐式に重なるようにして現れている。出現の仕方には一貫性は無いが、一つだけはっきりしている事があった。それは科学でも霊力でも魔法でもない、人の意思を吸って力を吐き出す存在だという事。孝太郎達は未だに、それが何なのかが分かっていなかった。

「あたしはそうだと思う。霊力の感じはしなかったけど、なんというか、ヤな感じはしたんだよね」

早苗は孝太郎の言葉に頷いた。戦いが終わってドックを調べた時、早苗はそこに霊力を使った痕跡は感じなかった。だがドック全体に違和感があった。詳細は分からず、早苗はそれをヤな感じと表現したが、それが混沌の渦の痕跡だった可能性はあった。

「あとね……………うーん………」

早苗はそこで考え込む。気になっている事があるのだが、不確かな話なので言っても良いのかどうか分からなかったのだ。一応早苗も少し成長していて、何でもかんでも口に出す少女ではなくなっていた。

「どうした？　遠慮しないで言ってみろ」

「以前から時々あったんだけど………ぐるぐると一緒に、孝太郎と似た気配がしたような気がするんだ」

「俺と？」

「うん。でも今日の感じだと、似てるけど違う人だと思う。あたしの孝太郎はあんなトゲトゲじゃなくて、もっとやわらかい感じがするもん」

これまで度々感じていた、孝太郎のような霊波。だが早苗は今回、それがどうやら別の人間らしいと結論付けた。気になってぐるぐる――混沌の渦に注目していたので、違いを感じ取る事が出来たのだ。

「トゲトゲ？　なんのこっちゃ。それに俺は俺のだ」

「分かってるよう、区別する為に言っただけだってばぁ」

「しかしまあ、霊波にも他人の空似ってあるんだな」

「ああ、うん、きっとそういう事なんだろうね」

そして別人だと思った時から、早苗はその存在への興味を失った。孝太郎と似ていると思うから注目したのであって、そうでない場合はただの知らない人なのだ。

「でもそれってとても大事な事かもしれませんよ」

これまでずっと黙って話を聞いていた晴海が口を開く。すると全員の目が晴海の方へ向く。経験上、晴海が口を開く時はとても大事な事が口から飛び出してくるのだ。

「その人が、混沌の渦を使って何かをしているのかもしれない。そうは考えられないでしょうか？」

孝太郎と似ているかどうかは別にしても、渦の向こう側に何度か同じ人間の気配があったのは間違いない事だった。それは早苗が何度か確認している。それを偶然だと考えるのは呑気過ぎる。そこには理由がある筈だった。

「そうか!! そのせいで我らは混沌の渦との遭遇率が高い!?」

晴海の言葉はキリハにも実感がある事だった。キリハにも常々疑問に思っている事があった。それは孝太郎達が混沌の渦と遭遇する頻度が高い、という事だった。冷静になって考えてみると、混沌の渦は真の意味での超常現象だ。魔法とも霊能力とも違い、ある時突然姿を現す。だが超常現象がこんなに頻繁に身近で起こっていいものか？ キリハはずっとそんな疑問を持ち続けていた。だがそれが何者かの意思で誘導されての事なら、分からなくはない。偶然に孝太郎達の傍に連続で現れる可能性よりは、そちらの方がよほど説得力があった。

「となると………そやつがラルグウィン達を連れ去ったという事じゃろうか。その方がそやつにとって都合が良いから」

「仮定に仮定を重ねる事になるので、確かな事は言えないが………その可能性はあるだろうな」

キリハの言葉を最後に、一〇六号室は静まり返る。早苗、晴海、ティア、キリハ、彼女達の言葉が正しいとすると、得体の知れない何者かが存在しているという事になる。そしてその人物の目的は謎だ。分かっているのは混沌の渦と一緒にいるという事だけ。それだけに色々と想像してしまい、不気味なイメージが膨らむばかりだった。

パンパンッ

「終わり終わり！　この話はもう終わり！」

そんな時だった。孝太郎は思い切り両手を打ち合わせると、一方的に議論の終了を宣言した。その手を打つ音と声が大きかったので、たまたますぐ隣に座っていたクランが目を丸くした。もちろん驚いたのは彼女だけではなく、部屋にいた少女達全員だった。

「ベルトリオン？」

「腹が減ったから晩飯にしよう。ルースさん、今日の晩飯は何ですか？」

孝太郎は急に話を打ち切って、晩御飯の話を始めた。少女達は最初、その意味が分からずきょとんとしていた。だが少し考えて、その意味に辿り着く。だからルースは笑顔で答えた。

「おやかたさまの、お望みのままに」

ルースが答えたのは、夕食は何かという質問に対する答えではなかった。だが浮かべている笑顔も含め、ルースはそれが孝太郎が求めた応えであると確信していた。それは他の少女達も同じで、孝太郎に笑いかけていた。

「…………」

そして孝太郎が照れ臭そうに顔を背けたから、ルースと少女達は、やはりこれが正解だったと理解した。その直後だった。

「あー、言われてみればぁ、お腹が空きましたぁ」

「今から手早く出来るメニューは、焼きそばとかになりますが」

「あたし焼きそば賛成！　ピーマン反対！」

「わらわはニンジン反対！」

「それでは具が肉とキャベツだけになりますわよ」

「肉とキャベツだけの焼きそばってね、実は一番料理人の腕が問われるのよ」

「そうなんですか？　私は悪の魔法少女時代に結構作った覚えが………」

「でしたら今日は真希さんが夕食を作ってみますか？　私も手伝いますから」

少女達は夕食のメニューについて、ああでもないこうでもないと議論を始めた。おかげでそれまでは暗かった六畳間の空気が一気に明るくなった。

「里見孝太郎、どうやら真希が焼きそばを作るようだが………それで良いのか？」

「……答えなんか分かってるだろう」

「うむ。だから皆を代表して言うのだが……………愛している………」

「べっ、別にそんな話じゃないだろっ」

「…………汝がそう言うなら、それでいいだろう。ふふふ………」

「そ、そうだっ、ナルファさーん、もうすぐ晩飯だってさー！」

『はーい！』

「コータローめ、逃げよったぞ」

「いいじゃん、ゆるしたげようよ。良い女とは男の都合を分かってあげられるのです」

「さしあたってぇ、真希ちゃんのぉ、愛情手料理で攻めましょうよぉ」

「頑張ってみる！」

その日はもう、一〇六号室ではラルグウィン一派の話は話題にならなかった。答えが出ない事で悩み続けるのは決して良い事ではない。戦いの後は頭を空っぽにして休む事も必要なのだ。そして孝太郎は、どうでもいい事で騒ぎ始めた少女達を満足そうに見つめ続ける。絶対に口にはしないのだが、最近の孝太郎はこういう時が一番心が休まる。少女達はその事に薄々気付いているが、あえて何も言わない。少女達にとっても、こういう時間が一番心が休まるからだった。

　灰色の霧、あるいは煙に包まれたら、別の場所へ移動していた。その事に一番驚いていたのは、他ならぬラルグウィン自身だった。孝太郎達はむしろ自分達にその手の能力がある分だけショックは少なかった。敗戦が確定的になった時に突如灰色の何かに包まれ、気付いた時には別の場所にやってきていたラルグウィンの驚きは計り知れない。おかげで最初に疑ったのは、自分が死んで、死後の世界にいるのではないかという事だった。

「ここは一体⁉」

　ラルグウィンは周囲を見回す。光源が自らが身に着けているコンピューターのライトだけなのではっきりとは分からないが、どこかの洞窟の中であるようだった。

「ラルグウィン様、一体我々に何が起こったのですか⁉」

　仕事柄暗視スコープを持っているファスタが、ラルグウィンを見付けて近付いてくる。彼女も混乱しているようで、いつもの冷静な表情ではなかった。

「こっちが訊きたい！　お前達の方で何かをやったのではないのか⁉」

「いいえ、こちらでは何も！」

「どういう事なんだ⁉　ここはどこだ⁉」

　ラルグウィンもこの時点では、流石に死後の世界であるという考えは捨てていた。何かが起こったのは確かだが、それが何なのかが分からずにただ混乱していた。降伏を勧めていた孝太郎――青騎士がこんな事をするとは考え辛い。味方が緊急措置で転送用ゲートを利用したのかとも思ったが、あの状況で味方だけを選んで転送できるとも思えない。助かったのは事実なのだが、現実味がない。あり得ない事が起こっていた。

「……落ち着けよ、ラルグウィン」

　混乱するラルグウィンに語り掛ける声があった。その声は静かで落ち着いていた。だが不思議とラルグウィンを苛立たせる。状況にも苛立っていたから、ラルグウィンはいつになく厳しい目でそちらを見た。するとそこには見覚えのない人物の姿があった。

「何者だ、貴様!?」

　この場所にはヴァンダリオン派の残党しかいないので、ほぼ全員が皇国軍の制服を着ている。ファスタのような特別な任務がある人間だけが例外的に別の服を着ているが、それにしても皇国軍やヴァンダリオンの騎士団のマークが入っている。だがその人物は何の印もないフード付きのマントを身に着けていて、顔も着ているものも分からない。ただ近付いてくる足音に金属が触れ合う音が交じっている事から、マントの下には金属製の鎧が隠れているだろう、という想像がつくぐらいだった。

「俺が何者かは話が複雑でな。追い追い話そう。それに俺が何者かはあまり重要じゃない」

「では質問を変えよう。貴様が我々を助けたのか？　貴様の目的はなんだ？」

「良いぞラルグウィン、それが正しい質問だ」

　謎の人物はフードの下で笑ったようだった。そしてそれが、なおの事ラルグウィンを苛立たせる。もしここにいるのがラルグウィンでなくヴァンダリオンであれば、既に謎の人物は斬られていただろう。

「戯言は沢山だ！　質問に答えろ！」

「お前達を助けたのは俺だ。そして俺がお前達を助けたのは、俺にも目的があり、しばらくはお前達と共闘出来ると考えての事だ。要はお前達の戦力が欲しいという事だ」

「それは惜しい事をした。残念だが今の我々では青騎士共には勝てん。貴様が望むような戦力にはならないだろう」

　ラルグウィン達は拠点と生産施設、そして半分以上の兵力を失った。最低限の人材と物資は確保しているから最悪の事態は免れたが、それでも再起には時間を要する。ラルグウィンの野望は大きく後退したと言えるだろう。そしてそれは、謎の人物の期待に応えられないという事でもあった。

「お前達が負けたのは、青騎士の力の謎をまだ半分しか解いていないからだ。兵力は問題ではない」

「そんな事は分かっている！　元々分の悪い勝負を挑んでいるのだ！」

　敗北直後に分かり切った事を言われ、ラルグウィンは激昂する。それは良く分かっているからこその苛立ちだった。そんなラルグウィンに対して、謎の男は軽く手を上げて自制を求めた。

「だから興奮するなと言ってるだろう、ラルグウィン。だから俺が来たんだ」

　この時、マントの下にある謎の男の手がちらりと垣間見えた。それは光沢のない灰色に塗られた、金属製の籠手。ラルグウィンの予想通り、謎の男は鎧を身に着けていた。

「………どういう意味だ？」

「俺と共に来い。残り半分の答えをくれてやろう」

「答えだと⁉」

「そうすれば力の差は埋まる。後はお前達次第という訳だ」

「………貴様、本当に何者だ？」

　ラルグウィンが求める物を知っており、しかもそれを持っている。喉から手が出る程欲しいが、しかし危険も付きまとう。一方的に利用される可能性も十分にあるのだ。そして謎の男が姿を現した時からずっと感じている苛立ち。心のどこかが反発し、警告しているのだ。この男は危険だと。

「悩む必要などないだろう？　このままじりじりと削られるだけの戦いを続けるか、それとも俺と来て別の道を探るか、だ」

だが悔しい事に、謎の男の言葉は真実だった。再起に時間がかかるという事は、青騎士側が格段に有利になったという事だ。そして青騎士側に横槍を入れ続けられれば、再起前に力尽きる可能性が高い。ラルグウィンが目的を達する可能性を高める為には、危ない橋を渡り切る覚悟が必要だった。

「………いいだろう、何処へなりとも連れていけ」

そしてラルグウィンは覚悟を決めた。それは青騎士と皇家を倒す為に謎の男と組むという、危ない橋を渡り切る覚悟だ。そこにリスクに見合うリターンがあるかどうかは分からない。それでもラルグウィンにはどうしても、ここまでやってきた事を放り出す事が出来なかった。

ころな陸戦規定

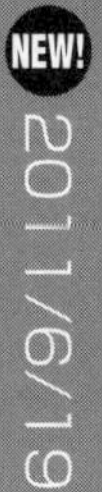

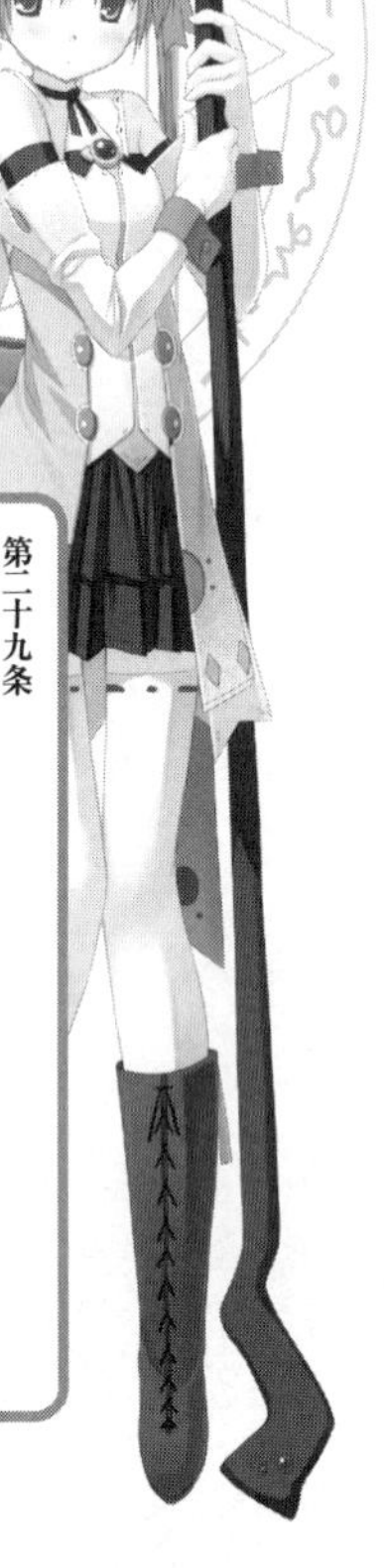

第二十九条
　ころな陸戦条約に批准した者は、神聖フォルトーゼ銀河皇国に所属する組織の構成員に対しても、魔法と霊子力技術の存在を秘匿するものとする。ただし当該組織の責任者と副責任者については、状況に応じて開示が可能であるものとする。

第二十九条補足
　まあ、ヤバい時には偉い人に伝えない訳にはいかないよな。
　それに下の方の人達には言っても信じて貰えないんじゃない？　しくしくしくしく。　何故泣くのゆりか、良い事じゃない。　だって真希ちゃぁん、ネフィさんの所の兵隊さん達が、お近付きの印だってガス弾をこんなにくれたんですぅ！

あとがき

ご無沙汰しております、著者の健速です。今回も無事に三十五巻をお届けする事が出来ました。いつも通り四ヶ月ぶりなのですがコロナウィルスの一件で色々な事が起こり、随分時間が経った気がしています。

幸い本作は三十四巻と三十五巻の隙間にピタリと緊急事態宣言の期間がはまってくれたおかげで、私自身の製作進行には大きな問題はありませんでした。元々製作期間は自宅に籠りがちでしたし。しかし全体としてみると、編集部以外にも印刷会社さんや運送会社さんなど、関係している企業が多く、ヒヤヒヤしながら状況を見守る毎日でした。私から皆さんまでの間にある企業のうち、どこか一つが機能不全になると皆さんのお手元にこの本が届かなかった訳です。ですから無事に緊急事態宣言が解除されて安堵しています。とはいえまだ気を抜いて良い時期ではないのは確かですが。

さて暗い話題はここまでにして、この本の内容について触れていきたいと思います。今回の見所は大きく二つ。それはセイレーシュ以来となる新しい皇女のネフィルフォランが登場した事と、孝太郎達がラルグウィン一派の拠点に対し攻撃を仕掛けた事です。

ネフィルフォランはフォルトーゼの第五皇女で、大槍を振り回す武闘派です。武器を振り回すという意味ではティアに近いですが、天才型のティアとは違い、訓練を繰り返して力を得るに至った努力型です。その分、彼女はティアに出来ない事が出来ます。孝太郎がやられそうになったアレとかです。またティアは飛び道具、ネフィルフォランは白兵戦用の武器と、好んで使う武器にも違いがあります。性格は大真面目で、だからこそ武芸の訓練を続けられました。飽きっぽいティアでは訓練は続かなかったでしょう。そして同じく大真面目な性格のルースとは気が合います。年齢はティアの二つ上ですが、フォルトーゼの惑星の公転周期の関係で、地球の年齢に換算すると孝太郎と同じくらいです。ちなみにティアとルースは孝太郎と同い年ですが、地球年齢換算だと幾らか年下になります。

そのネフィルフォランが軍を率いて地球へやってきた事で、孝太郎達はヴァンダリオン派の残党、ラルグウィン一派に攻撃を仕掛ける事が出来るようになりました。流石に外交使節団と一緒に来た護衛の兵力だけでは、敵の拠点を攻撃するのは困難です。外交使節団には地球や日本を威圧しない、必要最低限の兵力しかなかったのです。いわゆる外交的な配慮というやつですね。また攻撃を一度で確実に終わらせる為にも、援軍はどうしても必要でした。敵を逃がしてしまえば別の場所で再起しかねないので、大兵力で一気にという考え方になる訳です。

とはいえラルグウィンの側も簡単にやられてはくれません。遂に実戦配備となった霊子力兵器を使い、また綿密な作戦を立て、孝太郎達を迎え撃ちます。既にこの本を読み終えた皆さんはご存じでしょうが、孝太郎達は苦戦を強いられます。まあ、だからこそ晴海やティアの頑張りが映えるんですけれども。特に晴海はカラー絵になるくらいの大活躍でしたね。そして遂に登場したあの人物。早苗は以前からちょいちょいその存在を示唆していましたが、この巻でようやく登場となりました。孝太郎達とラルグウィンの一派の戦いは、この人物の登場で混迷を深めていきます。そうなんですよね、五十六億七千万回のループによって孝太郎が最良解の世界に辿り着いた場合、どうしてもこの人物が登場して来てしまう。テーマとしては二十九巻で終わりで良いのかもしれませんが、事件としてはこの人物が登場しないと終わりません。勘の良い人はこの人物が何者なのか、想像がついているかもしれません。もうしばらく、内緒にして下さい（笑）

その流れで次の三十六巻ですが、多分今回の続きとなると思います。十周年絡みでしばらくへらくれす多目だったので、その揺り戻しで本編が進む感じでしょうか。謎の人物はラルグウィンに青騎士の力の秘密の残り半分を教えると言っていましたので、彼らが向かうのはもちろんあの場所です。そして減ってしまった戦力や、失った拠点をどうするのかなど、ラルグウィンには問題山積。そういう状況のラルグウィンを孝太郎達が追っていく訳です。でもあれだ、拠点は予備がどこかにありそうですよね。ラルグウィンはそういうのちゃんとやってそうな気がします、用心深く。でも半分捕まってるから使えない可能性が大か。謎の人物はラルグウィンの都合を全部知っていて助けた訳ではないだろうし、確率上、予備の拠点の情報を持ってる連中が一人も捕まっていないとは思えないね。うん、あるけど使えない。何か他の手が必要です。ラルグウィンは頑張らねばなりません。孝太郎達の側は忽然と消えたラルグウィン達を捜す訳ですから、やはり難題です。追う側、追われる側、双方の頑張りに御期待下さい。

今回のあとがきは最大十四ページまでやって良いそうなのでもうちょっと続きます。あそうだ、良い機会だから本そのものの話をしてみようかな。

実はＨＪ文庫の本のフォーマットでは十六ページ単位でページ数が増えていきます。二百五十六ページの本に納まりきらなければ、次は二百七十二ページの本というような具合です。これは印刷機の仕様や搬送用の段ボールのサイズ、紙の厚みなど製造上の都合から自然に決まってきたものだと思います。そうじゃなかったらこの後に『（＊編集部注）』が挟まっている筈ですので、そちらを信じて下さい。

（＊編集者注：印刷機を使った製本の仕様、特に輪転機を使用するうえでの都合が大きな理由です。気になった方は是非、「折丁」「台数」「面付け」などの単語で検索してみてください。）

そして今回はあとがきが十四ページまで可能という事なので、本編のページ数が十六の倍数よりも二ページ多かったという事です。それで残り十四ページを何とかする話になる訳ですが、これは通常あとがきと広告で埋める事になります。そうです、実はあとがきには我々と皆さんがお喋りをするというだけでなく、穴埋めの意味もあったんですね。本編を切り張りして調整するよりは、あとがきや広告で調整する方が良いですもんね。なおそうじゃなかった場合は、またこの後に『（＊編集部注）』が挟まっている筈ですので、そちらを信じて下さい。十四ページあるので今回は内容が大分乱暴です。

（＊編集者注：状況次第で本編を調整して対応することもございますが、製造上の都合で

本編に影響が出ることはなるべく避けております）

　更に今回はあとがきは最低五ページという注文も来ています。つまり広告は十ページ以上は載せたくないんだろうなという気配を感じています。ページ数が十六ページ刻みで増えていくなら、そのうち十ページが広告だと確かにちょっともったいない気がします。かといって作家に大量にあとがきを書けとも言えないでしょう。その釣り合いがこの辺りの数字に表れるんだと思います。何度も繰り返しになりますが、そうじゃなかった場合は、この後に『（＊編集部注）』が挟まっている筈ですので、そちらを信じて下さい。勘で書いています。

（＊編集者注：せっかくの紙面なので、読者の皆様にお楽しみいただける内容をお届けできていたら幸いです！）

　大まかにはこういう事になります。ところで海外の本はどうなんでしょうね、この辺の話は。言語ごとに一ページに入る文字数は違うでしょうし、十六ページがきりの良い数字なのは日本の製造現場だけかもしれません。例えば一ダース十二ページ刻みの国があったりするかもしれません。下手をすると五ページでも相当長いあとがきになる言語もあるかもしれません。でも意外と段ボールの規格が一緒だったりして、結果的に同じ刻みだったりするのかな？　そうだ、六畳間の海外版のサンプルが手元にあるので、ページ数を数えてみようかな。同じ言語の本を何巻か比較すれば、何ページ刻みかが分かりそうな気がします。面白そうなので、手が空いたらやってみようと思います。

おや、そうこうしているうちに必要なページ数を過ぎていました。きりも良いので、今回はここで終わろうと思います。

この本を製作するにあたって御尽力頂いた編集部の皆様、表紙の晴海の髪はグラデーションに出来ないかとお願いしたら良い感じにやってくれたイラスト担当のポコさん、そして世界中においでの読者の皆様に心より御礼を申し上げます。

それでは三十六巻のあとがきで、またお会い致しましょう。

二〇二〇年　六月
健速

単行本①～⑤巻
好評発売中!
原作／健速
キャラクター原案／ポコ
漫画／有池智実
六畳間の侵略者!?
5
健速
ポコ
有池智実
堂々完結!!!

コミック版
漫画:六畳間の侵略者!?
コミックファイア
http://hobbyjapan.co.jp/comic/
にて掲載中!

HJ文庫 888 http://www.hobbyjapan.co.jp/hjbunko/

六畳間の侵略者!? 35

2020年7月1日　初版発行

著者——健速

発行者—松下大介
発行所—株式会社ホビージャパン

〒151-0053
東京都渋谷区代々木2-15-8
電話　03(5304)7604（編集）
　　　03(5304)9112（営業）

印刷所——大日本印刷株式会社

装丁——渡邊宏一／株式会社エストール

ISBN978-4-7986-2246-0　C0193

ファンレター、作品のご感想お待ちしております

〒151-0053 東京都渋谷区代々木2-15-8
(株)ホビージャパン HJ文庫編集部 気付
健速 先生／ポコ 先生

あの日々をもういちど

著者／健速
イラスト／双

「遥かに仰ぎ麗しの」脚本家が描く、四百年の時を超えた純愛

一体の鬼と、一人の男を包み込んだ封印。それが解けたとき、世界は四百年の歳月を重ねていた……。「遥かに仰ぎ麗しの」などPCゲームを中心に活躍し、心に沁み入るストーリーで多くのファンの心を捉えるシナリオライター健速が、HJ文庫より小説家デビュー！
計らずも時を越えたの男の苦悩と純愛を、健速節で描き出す！

発行：株式会社ホビージャパン